民国大师文库

（第八辑）

中国诗史

李　维◎著

北京联合出版公司
Beijing United Publishing Co.,Ltd.

图书在版编目（CIP）数据

中国诗史 / 李维著 . -- 北京 : 北京联合出版公司，
2015.4（2025.4 重印）
ISBN 978-7-5502-4967-7

Ⅰ . ①中… Ⅱ . ①李… Ⅲ . ①诗歌史—中国 Ⅳ .
① I207.209

中国版本图书馆 CIP 数据核字 (2015) 第 068614 号

中国诗史

作　　者：李　维
选题策划：北京三联弘源文化传播有限公司
责任编辑：王　巍

北京联合出版公司出版
（北京市西城区德外大街 83 号楼 9 层　100088）
天津海德伟业印务有限公司印制　新华书店经销
字数 199 千字　710 毫米 × 1000 毫米　1/16　14.5 印张
2015 年 4 月第 1 版　2025 年 4 月第 3 次印刷
ISBN 978-7-5502-4967-7
定价：75.00 元

目录

序 / 001

上　卷

目录

中　卷

目录

目录

序

余读班、范两《汉书·儒林传》分经叙次，一经之中，又叙其流别；如《易》之分施、孟、梁丘，《书》之分欧阳、大小夏侯，其徒从各以类次，昭明师法；穷原竟委，足称良史。是编以网罗现代文学家，尝显闻民国纪元以后者，略仿《儒林》分经叙次之意，分为二派：曰古文学，曰新文学。每派之中，又昭其流别；如古文学之分文、诗、词、曲，新文学之分新民体、逻辑文、白话文。而古文学之中，文有魏晋文与骈文散文之别；诗有魏晋、中晚唐与宋诗之别，各著一大师以明显学；而其弟子朋从之有闻者，附著于篇。至诗之魏晋，其渊源实出王闿运、章炳麟，而闿运、炳麟已前见文篇，则详次其论诗于文篇，以明宗旨；而互著其姓名于诗篇，以昭流别；亦史家详略互见之法应尔也。特是学者猥众，难以悉载。今但录其卓然自名家者，著于篇。

又按《汉书·儒林》每叙一经，必著前闻以明原委；如《班书》叙《易》之追溯鲁商瞿子木受《易》孔子，《范书》之必称《前书》是也。是编亦仿其意，先叙历代文学以冠编首；而一派之中，必叙来历，庶几展卷了如；要之以汉为法。特是规模粗具，而才谢古人。《汉传》经师，人系短篇，简而得要。仆纂文士，传累十纸，详而薪尽。闻之前人：粤在明季，南浔庄氏为《明书》，中王阳明一传，有上下卷，共三百余页；其冗长无体裁可知已（陈寅清《榴龛随笔》）。传者以为笑。《书》曰："辞尚体要。"言史之论纂，贵简不贵烦也。然史笔贵能简要，而长编不厌求详。昔在鄞县万斯同季野草《明史》，每为一传，必就故家长老求遗书，考问往事，旁及郡志邑乘，杂家志传之文，靡不网罗；参伍而为长编，数十纸，传写者为腕脱；每语人曰："昔人于《宋史》已病其繁芜，而吾所述将倍焉。非不知简之为贵也。史之难言久矣，非事信而言文，其传不显。李翱、曾巩所讥魏、晋以后贤奸事迹，暗昧而不明，由无迁、固之文是也。而在今则事之信为尤难。盖俗之偷久矣，好恶因心而毁誉随之，一家之事，言者三人，而其传各异矣。言语可曲附而成，事迹可凿空而构。其传而播之者，未必皆直道之行也；其闻而书之者，未必有裁别之识也。吾恐后之人务博而不知所裁，故先为之极，使知吾所取者有可损，而所不取者必非其事与言之真而不可益也。"（钱大昕《潜研堂文集·万先生传》）可谓有慨乎其言之。然则详者简之所自出也。会稽章学诚实斋亦言："古人一事，必具数家之学；著述与比类两家，其大要也。班氏撰《汉书》为一家著述矣；刘歆、贾护之《汉记》，其比类也。司马光撰《通鉴》，为一家著述矣；二刘、范氏之《长编》，其比类也。古人云：'言之不文，行而不远。''文不雅驯，荐绅先生难言之。'为职故事、案牍、图牒之难以萃合而行远也，于是有比次之法。"（章学诚《文史通义·外篇报黄大俞先生》）仆少眈研诵，粗有睹记；信余言之不文，幸比次以有法。征文，则扬、马侈陈辞赋，《汉书》之成规也。叙事，则王、谢详征轶闻，《晋书》之前例也。知人论世，详次著述，约其归趣，迹其生平，抑扬咏叹，义不拘虚，在人即为传记；在书即为叙录，吾极其详，而以俟后来者之要删焉。署曰长编，非好为多多益善也。吾为刘歆、贾护，而听人之为班孟坚焉；吾为二刘、范氏，而蕲人之为司马君实焉；不亦可乎？

抑史家有激射隐显之法。其义昉于太史公，如叙汉高祖得天下之有天幸，而见意于《项羽本纪》，借项羽之口以吐之曰："非战之罪也，天也"。叙平原君之好客，而见意于《魏公子列传》，借公子之言以刺之曰：

"平原君之游，徒豪举耳"。事隐于此而义著于彼，**激射映发，以见微旨**，是编叙戊戌政变本末，详见《康有为梁启超》篇；而戊戌党人之不餍人意，则见义于《章炳麟》篇，借章氏之论以畅发之，如此之类，未可更仆数；庶几史家激射隐显之义尔。至若林纾之文谈，**陈衍之诗话**，况周颐之词话，以及吴梅之曲话，其抉发文心，讨摘物情，足以观文章升降得失之故，并删其要，著于篇。亦《班书·贾谊传》裁《政事诸疏》《董仲舒传》录《天人三策》之例也。要之叙事贵可考信，立言蕲于有本。聊疏纂例，以当发凡。

中华民国十九年十一月十日
无锡钱基博叙于光华大学

上　卷

第一章　中国诗之源起

诗之源起——黄帝以前歌诗——尧代歌诗——舜代歌诗——夏代歌诗——商代歌诗——夏代歌诗为风骚之始

郑康成《诗谱·序》曰："诗之兴也，谅不于上皇之世，大庭轩辕，逮于高辛，其时有亡，载籍亦蔑云焉。《虞书》曰：'诗言志，歌永言，声依咏，律和声。'然则诗之道，放于此乎。"刘彦和《文心雕龙·明诗篇》曰："在心为志，发言为诗，舒文载实，其在兹乎。"又曰："人秉七情，应物斯感，感物吟志，莫非自然。"沈约《宋书·谢灵运传论》曰："歌咏所兴，宜自生民始。"郑氏昭其迹，刘、沈推其故，其言均是也。人禀七情，韵语自应始于生民，而文字未备，留传亦难征其所据。惟后世文人，于其载籍中，或存其目，或具其文，伏羲以下，历历可数。虽伪托之书众，追记之作多，而舍此之外，更无可考，故不得不并著之于篇，以备学者辨正焉。

伏羲作瑟，造《驾辨》之曲，教渔制《网罟》之歌，一见《楚辞·大招》，一见《隋书·乐志》，上古歌诗之见诸载籍者，此其始也。唯其文久佚，无可稽考。降及葛天，有三人摻牛尾投足以歌八阕，虽目存《吕览》，而事近传说。神农教民食谷，有《丰年》之咏，夏侯玄《辨乐》，仅存空名。《汉书·艺文志》记黄帝之铭有六，今则只余其二（《巾几》、《金人》），且已经补纂，恐失其真。至少昊、颛顼之世，所称《白帝、皇娥》二歌，识者均指为王嘉伪撰，更不足论也。唯《弹歌》一章，其词近古，其文见于《吴越春秋》，其时代或以为黄帝，三代以上之韵语歌辞，此其是欤。

> 断竹，续竹，飞土，逐宍（宍古肉字）。
>
> （《弹歌》）

唐、尧之世，史称极治。《礼记·效特牲》载其《蜡辞》。《淮南子·人间训》致其《戒语》。野老击壤之歌，见于《帝王世纪》。康衢童谣，则传自《列子》。帝王多忧勤惕励之言，庶民有怡然自得之趣，使非伪托，则当时郅治之隆，可迹而得也。

> 土反其宅，水归其壑。昆虫毋作，草木归其宅。
>
> （《蜡辞》）

> 战战栗栗，日谨一日。人莫踬于山，而踬于垤。
>
> （《尧戒》）

> 日出而作，日入而息。凿井而饮，耕田而食。帝力何有于我哉。
>
> （《击壤歌》）

> 立我蒸民，莫匪尔极。不识不知，顺帝之则。
>
> （《康衢谣》）

有虞承祚，文辞愈炳。《明良喜起》之歌，《卿云》《南风》之咏，上下唱和，传诸载籍而辞采堂皇典雅，斐然成章矣。

> 元首明哉，股肱良哉，居事康哉。
> 股肱起哉，元首喜哉，百工熙哉。
> 元首丛脞哉，股肱惰哉，庶事惰哉。
>
> （《明良喜起歌》）

> 卿云烂兮，纠缦缦兮。日月光华，旦复旦兮。
>
> （《卿云歌》）

> 南风之薰兮，可以解吾民之愠兮。南风之时兮，可以阜吾民
> 之财兮。
>
> （《南风歌》）

夏代歌辞，实启风骚，《吕氏春秋·音初篇》载，禹见涂山氏女，女作歌，始作南音，周公、召公取以为《二南》。孔甲《破斧歌》，始作东音，《豳风破斧》之所兴。而帝启之乐，又《楚辞·九歌·九辩》之宗也。此外若《书序》载太康有《五子》之歌，《绎史》引帝相有《源水》之歌，《韩诗外传》称帝桀有《夏人》之歌，均疑伪托，未可信也。惟《闲学记闻》所载《夏后铸鼎繇》，错综用韵，其真伪自属待辨，而其辞固皆可诵也。

> 逢逢白云，一南一北，一西一东，九鼎既成，迁于三国。
>
> （《铸鼎繇》）

商汤代兴，德音愈茂。开网三面，作祝以存其仁，桑林祷天，致语以

极其敬，盛世之音，不可多觏。降及末运，箕子有《麦秀》之歌，伯夷有
《采薇》之咏，一代流风，犹存遗响。《吕氏春秋·音初篇》载，《有娀氏》
有二佚女作歌，始作北音，殷整甲徙宅西河，始作西音，《三百篇》中
邶、鄘、卫、秦诸风所自兴也。而《商颂》十二，论者且引为《周、鲁》
二颂之源。三代歌辞。至有商成其观矣。

　　蛛蝥作网，今之人循续。欲左者左，欲右者右，欲高者高，
　　欲下者下。吾请受其犯命者。

（《网祝歌》）

　　登彼西山兮，采其薇矣。以暴易暴兮，不知其非矣。神农虞
　　夏忽焉没兮，吾适安归矣。吁嗟徂兮，命之衰矣。

（《采薇歌》）

以上所举歌辞，多传诸后人载籍中，其真伪自莫能明，唯观其渐进之
势，似非全出伪作，故取以为中国诗学之源始。《吕氏春秋》，其书近古，
所云"有夏歌辞，实启风骚"。其言当有据也。

第二章　三百篇为中国诗学之渊薮

三百篇之年代——十五国风为纯粹的平民文学——雅颂——
三百篇之永久价值

孟子曰："王者之迹熄，而《诗》亡，《诗》亡然后《春秋》作。"
是《三百篇》者，皆春秋以前作品也。《三百篇》中之最古者，当推《商
颂》，而《鲁颂·闳宫》又明是春秋时代事，中间距离，竟多至八百余年，
其采选精严，概可想见。惟大部分则多是西周末季作品，春秋时作品，虽
间或杂入，但不多耳。

《三百篇》为中国纯文学之祖，学者无不知之，其中之十五国风，盖
纯粹的平民文学也。书时书事，写情写景，状人状物，以至叙述平民生活
之状况，刻画普通社会之心理，通其思想，明其美刺，无不恰到好处，数
千年来遗留之文学，未有能出其右者。一般文人学士，得其一奥，即足名
家，故均视为文学之巨擘焉。本章亦止就其在文学上之价值，略举而论列
之，使知后世之所谓文学者，无一非由此蜕化而出。至于详其名物，辨其
篇第，审其音变，明其意旨，则经学考据家优为之，是篇不及也。

《三百篇》长于写时，写时最难不着痕迹，而《三百篇》优为之。
《芣苢》，写治时者也，而无一语及治，盖一及治便著痕迹矣，故其只以妇
女采掇芣苢之闲情逸致，烘托点染，而民间之安乐，时代之承平，自在人

人意想中。《三百篇》均应如此读去，此一例耳。

> 采采芣苢，薄言采之。采采芣苢，薄言有之。
> 采采芣苢，薄言掇之。采采芣苢，薄言捋之。
> 采采芣苢，薄言袺之。采采芣苢，薄言襭之。
>
> （《周南·芣苢》）

《北风》，写乱时者也，而无一语及乱，荒凉自在目中。

> 北风其凉，雨雪其雱。惠而好我，携手同行。其虚其邪，既
> 亟只且。
> 北风其喈，雨雪其霏。惠而好我，携手同归。其虚其邪，既
> 亟只且。
> 莫赤匪狐，莫黑匪乌。惠而好我，携手同车。其虚其邪，既
> 亟只且。
>
> （《邶风·北风》）

《三百篇》长于书事，书事则无不是。《击鼓》，自叙者也。

> 击鼓其镗，踊跃用兵。土国城漕，我独南行。
> 从孙子仲，平陈与宋。不能以归，忧心有忡。
> 爰居爰处，爰丧其马。于以求之，于林之下。
> 死生契阔，与子成说。执子之手，与子偕老。
> 于嗟阔兮，不我活兮。于嗟洵兮，不我信兮。
>
> （《邶风·击鼓》）

《新台》，叙他者也。

> 新台有泚，河水浼浼。燕婉之求，籧篨不鲜。
>
> 新台有洒，河水浼浼。燕婉之求，籧篨不殄。
>
> 鱼网之设，鸿则离之。燕婉之求，得此戚施。
>
> （《邶风·新台》）

《三百篇》长于写情，写情则无不挚。《氓》，写男女之情者也。

> 氓之蚩蚩，抱布贸丝，匪来留丝，来即我谋。送子涉淇，至于顿丘。匪我愆期，子无良媒。将子无怒，秋以为期。
>
> 乘彼垝垣，以望复关，不见复关，泣涕涟涟。既见复关，载笑载言。尔卜尔筮，体无咎言。以尔车来，以我贿迁。
>
> （《卫风·氓》六之二）

《谷风》，写新故之情者也。

> 习习谷风，以阴以雨。黾勉同心，不宜有怒。采葑采菲，无以下体。德音莫违，及尔同死。
>
> 行道迟迟，中心有违。不远伊迩，薄送我畿。谁谓荼苦，其甘如荠。宴尔新婚，如兄如弟。
>
> 泾以渭浊，湜湜其沚。宴尔新婚，不我屑以。毋逝我梁，毋发我笱。我躬不阅，遑恤我后。
>
> （《邶风·谷风》六之三）

《燕燕》，写离别之情者也。

燕燕于飞，差池其羽。之子于归，远送于野。瞻望弗及，泣涕如雨。

燕燕于飞，颉之颃之。之子于归，远于将之。瞻望弗及，伫立以泣。

燕燕于飞，下上其音。之子于归，远送于南。瞻望弗及，实劳我心。

仲氏任只，其心塞渊。终温且惠，淑慎其身。先君之思，以勖寡人。

（《邶风·燕燕》）

《黍离》，写感触之情者也。

彼黍离离，彼稷之苗。行迈靡靡，中心摇摇。知我者谓我心忧，不知我者谓我何求。悠悠苍天，此何人哉。

（《王风·黍离》二之一）

《黄鸟》，写死生之情者也。

交交黄鸟，止于棘。谁从穆公，子车奄息。维此奄息，百夫之特。临其穴，惴惴其栗。彼苍者天，歼我良人。如可赎兮，人百其身。

（《秦风·黄鸟》三之一）

《伯兮》，写契阔之情者也。

伯兮朅兮，邦之桀兮。伯也执殳，为王前驱。

自伯之东，首如飞蓬。岂无膏沐，谁适为容。

其雨其雨，杲杲出日。愿言思伯，甘心首疾。

焉得谖草，言树之背。愿言思伯，使我心痗。

《绸缪》，写夫妇之情者也。

绸缪束薪，三星在天，今夕何夕，见此良人。子兮子兮，如此良人何。

绸缪束楚，三星在户。今夕何夕，见此粲者。子兮子兮，如此粲者何。

《常棣》，写兄弟之情者也。

常棣之华，鄂不韡韡。凡今之人，莫如兄弟。

死丧之威，兄弟孔怀。原隰裒矣，兄弟求矣。

脊令在原，兄弟急难，每有良朋，况也永叹。

兄弟阋于墙，外御其侮。每有良朋，烝也无戎。

（《小雅·常棣》八之四）

《伐木》，写朋友之情者也。

伐木丁丁，鸟鸣嘤嘤。出自幽谷，迁于乔木。嘤其鸣矣，求其友声。相彼鸟矣，犹求友声。矧伊人矣，不求友生。神之听之，终和且平。

（《小雅·伐木》三之一）

《蓼莪》，写亲子之情者也。

> 蓼蓼者莪，匪莪伊蒿。哀哀父母，生我劬劳。
> 蓼蓼者莪，匪莪伊蔚。哀哀父母，生我劳瘁。
> 父兮生我，母兮鞠我，拊我畜我，长我育我。
> 顾我复我，出入腹我。欲报之德，昊天罔极。
>
> （《小雅·蓼莪》六之三）

《三百篇》长于写景，写景则无不真。《东山》写意境者也，用以之劳归士。

> 我徂东山，慆慆不归。我来自东，零雨其濛。果裸之实，亦施于宇。伊威在室，蠨蛸在户。町畽鹿场，熠熠宵行。亦可畏也，伊可怀也。
> 我徂东山，慆慆不归。我来自东，零雨其濛。鹳鸣于垤，妇叹于室。洒扫穹窒，我征聿至。有敦瓜苦，蒸在栗薪。自我不见，于今三年。
>
> （《豳风·东山》四之二）

《采薇》，亦写意景者也，又用以遣行戍。

> 昔我往矣，杨柳依依。今我来思，雨雪霏霏。行道迟迟，载渴载饥。我心伤悲，莫知我哀。
>
> （《小雅·采薇》六之一）

《硕人》，写实景者也，在善于造语。

河水洋洋，北流活活。施罛濊濊，鳣鲔发发。葭菼揭揭。庶姜孽孽，庶士有朅。

（《卫风·硕人》四之一）

《君子于役》，亦写实景者也，在善于取境。

君子于役，不知其期，曷至哉。鸡栖于埘，日之夕矣，羊牛下来。君子于役，如之何勿思。

（《王风·君子于役》二之一）

《三百篇》长于状摹，状摹则无不细。《硕人》，状人者也。

手如柔荑，肤如凝脂，领如蝤蛴，齿如瓠犀，螓首蛾眉，巧笑倩兮，美目盼兮。

（《卫风·硕人》四之一）

《无羊》，状物者也。

谁谓尔无羊，三百维群。谁谓尔无牛，九十其犉。尔羊来思，其角濈濈。尔牛来思，其耳湿湿。

或降于阿，或饮于池，或寝或讹。尔牧来思，何蓑何笠，或负其餱。三十维物，尔牲则具。

（《小雅·无羊》四之二）

《三百篇》有叙述平民生活之状况者，《七月》，是也。

七月流火，九月授衣。一之日觱发，二之日栗烈，无衣无褐，何以卒岁。三之日于耜，四之日举趾，同我父子，馌彼南亩，田畯至喜。

七月流火，九月授衣。春日载阳，有鸣仓庚。女执懿筐，遵彼微行，爰求柔桑。春日迟迟，采蘩祁祁。女心伤悲，殆及公子同归。

六月食郁及薁，七月烹葵及菽，八月剥枣，十月获稻，为此春酒，以介眉寿。七月食瓜，八月断壶，九月叔苴，采茶薪樗，食我农夫。

九月筑场圃，十月纳禾稼，黍稷重穋，禾麻菽麦。嗟我农夫，我稼既同，上入执宫功。昼尔于茅，宵尔索绹，亟其乘屋，其始播百谷。

（《豳风·七月》八之四）

《三百篇》有描画一般社会之心理者，《斯干》，是也。

下莞上簟，乃安斯寝。乃寝乃兴，乃占我梦。吉梦维何，维熊维罴，维虺维蛇。

大人占之，维熊维罴，男子之祥。维虺维蛇，女子之祥。

乃生男子，载寝之床，载衣之裳，载弄之璋。其泣喤喤，朱芾斯皇，室家君王。

乃生女子，载寝之地，载衣之裼，载弄之瓦。无非无仪，唯酒食是议，无父母诒罹。

（《小雅·斯干》九之四）

《三百篇》善于赞美，《女曰鸡鸣》之类，是也。

女曰鸡鸣，士曰昧旦。子兴视夜，明星有烂。将翱将翔，弋凫与雁。

弋言加之，与之宜之。宜言饮酒，与子偕老。琴瑟在御，莫不静好。

（《郑风·女曰鸡鸣》三之一）

《三百篇》善于讽刺，《溱洧》之类，是也。

溱与洧，方涣涣兮。士与女，方秉蕑兮。女曰观乎，士曰既且。且往观乎，洧之外，洵訏且乐。维士与女，伊其相谑，赠之以芍药。

（《郑风·溱洧》二之一）

《三百篇》有于叙述中见思致者，例如《大东》。

东人之子，职劳不来。西人之子，粲粲衣服。舟人之子，熊罴是裘。私人之子，百僚是试。

（《小雅·大东》七之一）

《三百篇》有于议论中见思致者，例如《伐檀》。

坎坎伐檀兮，寘之河之干兮。河水清且涟猗。不稼不穑，胡取禾三百廛兮。不狩不猎，胡瞻尔庭，有县貆兮，彼君子兮，不素餐兮。

（《魏风·伐檀》三之一）

此外，如称美帝王之德业，祭祀宗庙之乐歌，堂皇典雅，声韵铿锵。《大雅》气派雍容，《三颂》尤饶韵美，虽为贵族文学，而在文学上之价值，不多让焉。

经始灵台，经之营之。庶民攻之，不日成之。经始勿亟，庶民子来。

王在灵囿，麀鹿攸伏。麀鹿濯濯，白鸟翯翯。王在灵沼，于牣鱼跃。

（《大雅·灵台》四之二）

于穆清庙，肃雝显相。济济多士，秉文之德。对越在天，骏奔走在庙。不显不承，无射于人斯。

（《周颂·清庙》）

仅上所举，已可窥见《三百篇》之真值，并得知其文学材料储藏之富厚，而情韵悠长，尤能使千载以下读者，动绵邈之思。称为文学渊薮，非过论也。

第三章　楚辞代兴与春秋战国
诗学之中断（上）

三百篇一变而为楚辞——屈宋——楚辞大而为赋——楚辞不
得列于诗统之间

《三百篇》一变而为《楚辞》，《楚辞》者，盖继《三百篇》而兴起
者也。《楚辞》首《离骚》，其作者为楚大夫屈原，原，郢人，事怀王为
三闾大夫，同列大夫上官靳尚妒害其能，共谮毁之，王乃流屈原，原作
《离骚》，述美人香草以寓感，遂自投渊泊而死。《离骚》者，离忧也，负
志未申，含情离悫，而有是作。刘彦和曰："不有屈原，岂见《离骚》。"
《汉书·艺文志》有《屈原赋》二十五篇，无《楚辞》之名，当是后人所
加。《离骚》之外，称屈作者，有《九歌》《九章》《渔父》《卜居》《天
问》《远游》诸篇。（胡适指《九歌》与屈子事不相涉，《天问》语多不
通，《九章》《远游》又皆效法《离骚》，以为非出一人手。）宋玉、景差之
徒，慕而效之，有《九辩》《招魂》诸作，（梁启超谓《九辩》《招魂》均
是屈子作。）词至宋玉辈，已渐变屈子缠绵悱恻之意态，而具雄奇玮丽之
观矣。

君不行兮夷犹，蹇谁留兮中洲。美要眇兮宜修，沛吾乘兮桂舟。令沅湘兮无波，使江水兮安流。望夫君兮归来，吹参差兮谁思。驾飞龙兮北征，邅吾道兮洞庭。薜荔拍兮蕙绸，荪荛桡兮兰旌。望涔阳兮极浦，横大江兮扬灵。扬灵兮未极，女婵媛兮为余太息。横流涕兮潺湲，隐思君兮陫侧。桂棹兮兰枻，斲冰兮积雪。采薜荔兮水中，搴芙蓉兮木末。心不同兮媒劳，思不甚兮轻绝。石濑兮浅浅，飞龙兮翩翩。交不忠兮怨长，期不信兮告余以不间。朝骋骛兮江皋，夕弭节兮北渚。鸟次兮屋上，水周兮堂下。捐余玦兮江中，遗余佩兮澧浦。采芳洲兮杜若，将以遗兮下女。时不可兮再得，聊逍遥兮容与。

（屈原《九歌湘君》）

悲哉秋之为气也，萧瑟兮草木摇落而变衰。憭栗兮若在远行，登山临水兮送将归。泬寥兮天高而气清，寂寥兮收潦而水清。憯悽增欷兮，薄寒之中人。怆恍懭悢兮，去故而就新。坎壈兮贫士失职而志不平，廓落兮羁旅而无友生，惆怅兮而私自怜。燕翩翩其辞归兮，蝉寂寞而无声。雁嗈嗈而南游兮，鹍鸡啁哳而悲鸣。独申旦而不寐兮，哀蟋蟀之宵征。时亹亹而过中兮，蹇淹留而无成。

（宋玉《九辩》之一）

《楚辞》虽源于《三百篇》，及其大而为赋。赋者，六义之一也，屈原倡之，宋玉之徒和之，衍于孙卿，极于两汉。刘歆《七略》次赋为四家，屈原其首也。章炳麟《辨诗篇》曰："言赋者，多本屈原，汉世自贾生《惜誓》，上接《楚辞》，《鹏鸟》亦方物《卜居》，而相如《大人》赋自《远游》流变，枚乘又以《大招、招魂》散为《七发》，其后汉武帝悼李夫人，班婕妤自悼，外及淮南、东方朔、刘向之伦，未有出屈、宋、唐、景之外者也。"是《楚辞》既承袭《三百篇》之遗，乃独能发辉光大，离诗自立，为后世赋家不祧之宗，诚所谓以附庸而蔚为大国者也。至于诗之传统，迨不与焉。故《楚辞》者，不得列于诗统之间也。《楚辞》既承《三百篇》之余业而尽变之，则春秋、战国诗学之不振，又奚足异哉。

第四章　楚辞代兴与春秋战国诗学之中断(下)

春秋战国诗学衰落之原因——传记中当时之民间歌诗

春秋战国时代文学之精华，既全萃于《楚辞》，而《楚辞》又适为《三百篇》之贰臣，以致诗学中断，寂寞且数百年，吾人欲探求其断踪馀迹于荒烟乱莽中，诚属不易。唯当时士大夫多解吟诗，所谓诵诗三百，然后授之以政。孔子曰："不学诗，无以言。"是《三百篇》在当时尚能供人传说，以为纵横诡辩之具，诗旨虽背，而诗学之不绝，或竟恃乎此，然诗学之一蹶而几不振，亦未必非受此时代之影响也。延及两汉，沐以膏泽，始克复生。故论春秋、战国时代之诗学，只可于文人载籍中，搜集当时民间之歌诗，以求一代文学之遗迹，若求其所谓时代之产物者，不能也。

宁戚欲干齐桓公，困穷无以自达，于是为商旅将任车以商于齐，暮宿于国门外，桓公迎郊客，夜开门辟任取爝火甚众，越饭牛车下，击牛角而歌……桓公闻之，命后车载之，授之以政。(《淮南子》)

南山矸，白石烂，生不逢尧与舜禅，短布单衣适至骭，从昏饭牛至夜半，长夜漫漫何时旦。

　　沧浪之水白石粲，中有鲤鱼长尺半，敝布单衣裁至骭，清朝饭牛至夜半。黄犊上坂且休息，吾将舍汝相齐国。

　　出东门兮石厉斑，上有松柏青且阑。粗布衣兮缊缕，时不遇兮尧舜主。年兮努力食细草，大臣在尔侧，吾当与汝适楚国。

（《饭牛歌》）

燕太子丹使荆轲刺秦王，至易水之上，既祖取道，高渐离击筑，荆轲和而歌。为变徵之声，士皆垂泪涕泣，乃又前而歌。（《史记·刺客列传》）

　　风萧萧兮易水寒，壮士一去兮不复还。

（《易水歌》）

百里奚为秦相，堂上乐作，所赁浣妇，自言知音，因抚弦而歌，问之，乃故妻也。（《风俗通》）

　　百里奚，五羊皮，忆别时，烹雌鸡，今日富贵忘我为。

（《百里妻歌》）

齐人杞梁殖袭莒战死，其妻哭于城下，七日而城崩。《琴操》云，殖死其妻援琴歌之。（《列女传》）

　　乐莫乐兮新相知，悲莫悲兮生别离。

（《杞梁妻歌》）

伍员奔吴，追者在后，至江，江中有渔父，子胥呼之，渔父欲渡，因作歌。子胥止芦之漪，渔父又歌。既渡，视有饥色，曰"为子取饷。"渔父去，子胥疑之，乃潜深苇中。父来，持麦饭鲍鱼羹盎浆，求之不得，乃歌而呼之，子胥始出。（《吴越春秋》）

日月照乎寝已驰，与子期乎芦之漪。

日已夕兮余心忧悲，月已驰兮何不渡为，事寝急兮将奈何。

芦中人，芦中人，岂非穷士乎。

（《渔父歌》）

韩凭为宋康王舍人，妻何氏美，王欲之，捕舍人筑青陵之台，何氏作《乌鹊歌》以见志，遂自缢。（《彤管集》）

南山有乌，北山张罗。乌自高飞，罗当奈何。

乌鹊双飞，不乐凤凰。妾是庶人，不乐宋王。

春秋战国时代之诗学虽微，而民间之韵语歌辞，亦尚不止此，所举诸篇，特最为后人所传诵者也。惟均能以质直动人，不涉华缛，一代之风，于此可以窥其几矣。

第五章　两汉诗体衍进及乐府之特盛（上）

　　两汉诗学以西京为盛——垓下歌与大风歌——唐山夫人房中歌——韦孟——苏李——苏李赠答与古诗十九首并为后世五言之祖——古诗十九首——班婕妤——东京诗人之寥落——张衡——秦嘉以次之作者

　　两汉诗学以西京为盛。专主性情，惟作者寥寥，求其所谓大家者，无一人焉。然其诗虽少，而其体则备，上绍风雅，下启六朝。零金碎玉，皆足千古，亦一奇也。

　　项羽马上英雄，咨睢暴厉，汉高市井下吏，际会风云，俱不足与论风雅，而垓下之曲，《大风》之歌，为千载下谈风吐雅者所不能举，情致淋漓，味之不尽，有汉文学之祥征也。

　　力拔山兮气盖世，时不利兮骓不逝，骓不逝兮可奈何，虞兮虞兮奈若何。

（项羽《垓下歌》）

大风起兮云飞扬，威加海内兮归故乡，安得猛士兮守四方。

（汉高《大风歌》）

汉高起自丰沛，性好楚声，乃令唐山夫人作房中歌十七章，以备祠乐，和平典雅，实为两汉有韵文学之先导，且足以上承风雅之余绪，以论文学，汉高不无微力焉。

大孝备矣，休德昭明。高张四县，乐充宫庭。芬树羽林，云景杳冥，金支秀华，庶旄翠旌。

（《房中歌》之一）

大海荡荡水所归。高贤愉愉民所怀。太山崔，百卉殖。民何贵，贵有德。

（《房中歌》之七）

韦孟家彭城，为楚元王傅，传子夷王，及孙王戊，戊荒淫不遵道，孟作诗讽谏，后遂去位，徙家于邹，又作一篇。或曰："其子孙好事，述先人之志而作是诗也。"孟诗只二篇，一题《讽谏》，一题《在邹》，诗皆四言，朴质无文。是盖欲追《三百》而未能也。然后世为四言者，无不宗法韦孟，刘彦和曰："四言近体，渊雅为本，韦孟之作，可谓渊雅。"

微微小子，既薶且陋。岂不幸位，秽我王朝。
皇朝肃清，唯俊之庭。顾瞻余躬，惧秽此征。
我之退征，请于天子。天子我恤，矜我发齿。
赫赫天子，明哲且仁。悬车之义，以泊小臣。
嗟我小子，岂不怀土。庶我王寤，越迁于鲁。

　　既去祢祖，惟怀惟顾。祁祁我徒，戴负盈路。

　　爰戾于邹，鬋茅作堂。我从我环，筑室于墙。

　　我既迁逝，心存我旧。梦我渎上，立于王朝。

　　其梦如何，梦争王室。其争如何，梦王我弼。

　　痡其外邦，叹其喟然。念我祖考，泣涕其涟。

　　微微老矣，咨既迁绝。洋洋仲尼，视我遗烈。

　　济济邹鲁，礼义维恭。诵习弦歌，于异他邦。

　　我虽鄙耇，心其好而。我徒侃尔，乐亦在而。

（韦孟《在邹篇》）

　　李陵、苏武当汉隆盛，武功事业，彪炳显著，而竟以诗传。陵字少卿，武帝时为骑都尉，以兵败降匈奴。苏武字子卿，武帝时以中郎将使匈奴，困匈奴十九年。二人皆以悲愤抑郁之气，置身荒沙冷月之乡，搔首踟蹰，不能自已，于是情景所激，发为哀音。其诗情词悱恻，直凌《三百》，与《古诗十九首》并为后世五言之祖。论者以《汉志》不载，疑为伪托，言虽有征，但不知汉后谁可为此者。任昉曰："五言始于汉骑都尉李陵与苏武诗。"任氏去汉未远，其言当可信也。李诗凡三篇，苏诗凡四篇。

　　良时不再至，离别在须臾。屏营衢路侧，执手野踟蹰。

　　仰视浮云驰，奄忽互相逾。风波一失所，各在天一隅。

　　长当从此别，且复立斯须。欲因晨风发，送子以贱躯。

（《李诗》三之一）

　　结发为夫妻，恩爱两不疑。欢娱在今夕，燕婉及良时。

　　征夫怀远路，起视夜何其。参辰皆已没，去去从此辞。

　　行役在战场，相见未有期。握手一长叹，泪为生别滋。

努力爱春华，莫忘欢乐时。生当复来归，死当长相思。

（《苏诗》四之一）

古诗十九首，惊心动魄，一字千金，怨而不怒，哀而不伤，《三百篇》之遗也。惟作者年代，不可深考。《玉台新咏》以《西北有高楼》《东城高且长》《涉江采芙蓉》《青青河畔草》《庭中有奇树》《迢迢牵牛星》《明月何皎皎》数篇为枚乘之作。《文心雕龙》以《冉冉孤生竹》一篇为傅毅之词。《昭明文选》并题《古诗》，而列李陵、苏武以前。钟嵘《诗评》云："古人渺邈，人代难详，推其文体，固是炎刘之作。"约皆逐臣弃妻朋友契阔游子他乡死生新故之感也。

西北有高楼，上与浮云齐。交疏结绮窗，阿阁三重阶。

上有弦歌声，音响一何悲。谁能为此曲，无乃杞梁妻。

清商随风发，中曲正徘徊。一弹再三叹，慷慨有馀哀。

不惜歌者苦，但伤知音稀。顾为双鸣鹤，奋翅起高飞。

冉冉孤生竹，结根泰山阿。与君为新婚，菟丝附女萝。

菟丝生有时，夫妇会有宜。千里远结婚，悠悠隔山陂。

思君令人老，轩车来何迟。伤彼蕙兰花，含英扬光辉。

过时而不采，将随秋草萎。君亮执高节，贱妾亦何为。

（《古诗十九首》之二）

古诗十九首之外，尚有《上山采蘼芜》《橘柚垂华实》《十五从军征》《步出东城门》诸篇，亦不知作者年代姓氏，情景逼真，婉转动人，十九首之亚也。

上山采蘼芜，下山逢故夫。长跪问故夫，新人复何如。

新人虽言好，未若故人姝。颜色类相似，手爪不相如。

新人从门入，故人从阁去。新人工织缣，故人工织素。

织缣廿一匹，织素五丈馀。将缣来比素，新人不如故。

（《上山采蘼芜》）

班婕妤，左曹越骑校尉况之女，少有才学，成帝时选入后宫，为婕妤。后赵飞燕谮告许皇后班婕妤挟媚道祝诅，婕妤对曰："修正尚未蒙福，为邪欲以何望。"上善其对。婕妤恐久见危，求供养太后于长信宫，乃作《怨诗》，托词于纨扇。钟嵘《诗评》曰："《团扇》章短，辞旨清捷，怨深文绮。"孙月峰并以为后世宫词之祖。中国妇女能诗，而见诸史册者，唐山夫人与班婕妤其首也。

新裂齐纨素，鲜洁如霜雪。裁为合欢扇，团团似明月。

出入君怀袖，动摇微风发。常恐秋节至，凉飚夺炎热。

弃捐箧笥中，恩情中道绝。

（班婕妤《团扇诗》）

此外，武帝有《秋风辞》《落叶哀蝉曲》，司马相如妻卓文君有《白头吟》，均为后人所艳称。《秋风辞》事见《汉武帝故事》，《落叶哀蝉曲》事见王子年《拾遗记》，二书均小说家言，殊难置信。《白头吟》为文君以司马相如将聘茂陵女为妾而作，事见《西京杂记》，但《西京杂记》亦小说家言，且不著其词，未可遽以此诗当之。《玉台新咏》载此篇，题作《皑如山上雪》，不云《白头吟》，亦不云何人作也。《宋书·大曲》有《白头吟》，作古辞，《御览乐府诗集》同之，亦无文君作《白头吟》之说。是以上三诗，其作者均尚待考，然其诗固皆可读也。

　　秋风起兮白云飞，草木黄落兮雁南归。兰有秀兮菊有芳，怀佳人兮不能忘。泛楼船兮济汾河，横中流兮扬素波。萧鼓鸣兮发棹歌。欢乐极兮哀情多，少壮几时兮奈老何。

（《秋风辞》）

　　皑如山上雪，皎若云间月。闻君有两意，故来相决绝。
今日斗酒会，明日沟水头。蹀躞御沟上，沟水东西流。
凄凄复凄凄，嫁娶不须啼。愿得一心人，白头不相离。
竹竿何袅袅，鱼尾何簁簁。男儿重意气，何用钱刀为。

（《白头吟》）

　　降及东京，作者愈少，去西京浑厚之气亦愈远，一代名篇，可忆而数，盖国势衰落，文运亦随之。能存两京余音者，唯张衡一人而已。

　　张衡字平子，南阳人，善属文，安帝时，出为河间相，因天下渐弊，郁郁不得志，乃效屈原美人香草之喻，作《四愁诗》以见意。诗格甚奇，情词亦厚，后人多乐拟之。

　　我所思兮在太山，欲往从之梁父艰，侧身东望涕沾翰。美人赠我金错刀，何以报之英琼瑶。路远莫致倚逍遥，何为怀忧心烦劳。

（张衡《四愁诗》之一）

　　其他尚有，秦嘉夫妇《赠答诗》、苏伯玉妻《盘中诗》、蔡琰《悲愤诗》、孔融《杂诗》等，亦均能发乎情止乎礼义，惜乎两汉之气势尽矣。

人生譬朝露，居世多屯蹇。忧艰常早至，欢会常苦晚。

念当秦时役，去尔日遥远。遣车迎子还，空往复空返。

省书情凄怆，临食不能饭。独坐空房中，谁与相劝勉。

长夜不能眠，伏枕独展转。忧来如循环，匪席不可卷。

（秦嘉《留郡赠妇诗》之一）

余如文章经术名家，亦间为诗，既非其所长，又无影响于时代，故不复征引。两汉诗学，略如上述，韦孟之四言，苏李之五言，均为后世四五言诗之祖。论者且以柏梁联句，为七言之始，唯有人疑为伪托，姑存之以备一说。总之，吾国诗体之衍进，两汉实启其端矣。

第六章　两汉诗体衍进
及乐府之特盛(下)

两汉乐府之勃兴——汉乐府之种别——相和歌辞——杂曲歌辞——两汉乐府为一代文学正统

古诗皆可入乐，周衰世乱，诗亡乐废，屈宋之徒，以《九歌》诸篇侑乐，《九章》等篇写情，而涂径分矣。秦承六国之敝，郑卫之音，深投人主之好，六代庙乐，惟韶武存焉。降及汉世，声诗既判，乐府始与诗分，雅亡而颂几绝，所可歌者惟风耳。孝武帝雅好文学，乐府设官，采诗夜诵，有赵代、秦楚之讴，盖皆风也。而颂之存者，只有《安世房中歌》及《郊祀歌辞》等篇，至《短箫铙歌》，乃军中之乐，马上之曲，其音制崎岖淫僻，止可度之鼓吹笛箎，不可被之琴瑟金石，为殿廷之乐也。

练时日，侯有望。炳膋萧，延四方。九重开，灵之斿。

垂惠恩，鸿祐休。灵之车，结玄云。驾飞龙，羽旄纷。

灵之下，若风马。左苍龙，右白虎。灵之来，神哉沛。

先以雨，般裔裔。灵之至，庆阴阴。相放怨，震淡心。

灵已坐，五音饬。虞至旦，承灵亿。牲苗栗，粢盛香。

尊桂酒，宾八乡。灵安留，吟青黄。偏观此，眺瑶堂。

众嫭并，绰奇丽。颜如荼，兆逐靡。被华文，厕雾縠。

曳阿锡，佩珠玉。侠嘉夜，茝兰芳。淡容与，献嘉觞。

（《郊祀歌辞》十九章之一《练时日》）

　　郭茂倩《乐府诗集》分《郊庙歌辞》《燕射歌辞》《鼓吹曲辞》《横吹曲辞》《相和歌辞》《清商歌辞》《舞曲歌辞》《琴曲歌辞》《杂曲歌辞》《近代曲辞》《杂谣歌辞》《新乐府辞》十二部。夫《郊庙》颂也，汉颂已如上述。《燕射》《鼓吹》《横吹》《舞曲》雅也，《琴曲》亦雅之流也，而汉雅云亡。《清商》风也，而为吴声。《西曲江南诸弄》与《近曲新辞》，皆无与于汉。若《杂谣歌辞》，明其为非曲也，不得列于乐府之风。是汉风之大部，惟《相和歌辞》与《杂曲歌辞》二种。

　　《相和歌辞》，在汉风为最多。《宋书·乐志》曰："《相和》汉书曲也，丝竹更相和，执节者歌。"《唐书·乐志》曰："《平调》《清调》《瑟调》，皆周《房中曲》之遗声也，汉世谓之三调。又有《楚调》《侧调》。《楚调》者，汉《房中乐》也。高祖好楚声，故《房中乐》皆楚声。《侧调》者，生于《楚调》，与前调总谓之《相和调》。"郭茂倩《乐府诗集》，于各调皆举其乐器之种别，以为区分，今多不可考。

　　试举汉《相和歌辞》之名篇而列之：《相和歌辞·相和曲》中，《鸡鸣》《乌生平》《陵东》《陌上桑》其著者也。《平调曲》中《长歌行》其著者也。《清调曲》中，《相逢狭路行》其著者也。《瑟调曲》中，《东门行》《饮马长城窟》《妇病行》《孤儿行》《雁门太守行》《艳歌》《何尝行》其著者也。《楚调曲》中，《白头吟》《梁父吟》《怨歌行》其著者也。

鸡鸣高树颠，狗吠深宫中。荡子何所之，天下方太平。

刑罚非有贷，柔协正乱名。黄金为君门，璧玉为轩堂。

上有双樽酒，坐使邯郸倡。刘王碧青甓，后出郭门王。

舍后有方池，池中双鸳鸯。鸳鸯七十二，罗列自成行，

鸣声何啾啾，闻我殿东厢。兄弟四五人，皆为侍中郎。

五日一时来，观者满路傍。黄金络马头，颎颎何煌煌。

桃生露井上，李树生桃旁。虫来啮桃根，李树代桃僵。

树木身相代，兄弟还相忘。　　　　　　　　　（《鸡鸣》）

青青河畔草，绵绵思远道。远道不可思，宿昔梦见之。

梦见在我傍，忽觉在他乡。他乡各异县，展转不相见。

枯桑知天风，海水知天寒。入门各自媚，谁肯相为言。

客从远方来，遗我双鲤鱼。呼儿烹鲤鱼，中有尺素书。

长跪读素书，书中竟何如。上言加餐食，下言长相忆。

　　　　　　　　　　　　　　　　　　（《饮马长城窟行》）

　　《杂曲歌辞》，亦风之义也。郭茂倩曰："《杂曲》者，历代有之，或心志之所存，或情思之所感，或宴游欢乐之所发，或忧愁悲愤之所兴，或叙别离悲伤之怀，或言征战行役之苦，或缘于佛老，或出自夷虏，兼收备载，故总谓之《杂曲》。自秦汉以来，数千百岁，文人才士，作者非一，干戈之后，丧乱之余，亡失既多，声辞不具，故有名存义亡不见所起而有古辞可考者，复有不见古辞而后人继有拟述可以概见其义者，又有因意命题或学古叙事不必古有是辞者，皆《杂曲》也。"

　　《杂曲歌辞》视《相和歌辞》为少，而类皆珍品，《羽林郎》《董娇娆》《孔雀东南飞》《同声歌》《定情诗》其最著者也。《孔雀东南飞》一篇，凡千数百字，为古今诗歌中之最长篇，情词兼美，千古绝调，汉乐府

之冠冕也。

> 昔有霍家奴，姓冯名子都。依倚将军怙，调笑酒家胡。
> 胡姬年十五，春日独当垆。长裾连理带，广袖合欢襦。
> 头上蓝田玉，耳后大秦珠。两鬟何窈窕，一世良所无。
> 一鬟五百万，两鬟千万馀。不意金吾子，娉婷过我庐。
> 银鞍何煜爚，翠盖空踟蹰。就我求清酒，丝绳提玉壶。
> 就我求珍肴，金盘脍鲤鱼。贻我青铜镜，结我红罗裾。
> 不惜红罗裂，何论轻贱躯。男儿爱后妇，女子重前夫。
> 人生有新故，贵贱不相逾。多谢金吾子，私爱徒区区。
>
> （《羽林郎》）

> 洛阳城东路，桃李生路旁。花花自相对，叶叶自相当。
> 春风东北起，花叶正低昂。不知谁家子，提笼行采桑。
> 纤手折其枝，花落何飘扬。请谢彼姝子，何为见损伤。
> 高秋八九月，白露变为霜。终年会飘堕，安得久馨香。
> 秋时自零落，春月复芬芳。何时盛年去，欢爱永想忘。
> 吾欲竟此曲，此曲愁人肠。归来酌美酒，挟瑟上高堂。
>
> （《董娇娆》）

两汉文学，论者每盛称其辞赋，不知可以代表时代而为文学正统者，乃乐府歌诗也。汉赋竞尚词华，类多出自贵族，故以富丽夸大为能事，乐府歌诗，则采自民间，与十五国风同其流，英华所萃，一代之精神系焉。

第七章 魏诗为六朝诗学之先导

魏诗上束两汉下启六朝——曹操——孟德乐府诸篇犹存两汉
馀音——曹丕——子桓七言诸篇为后世七言之祖——曹植——子
建公宴诸篇开六朝华丽之端——建安诸子——嵇康——阮籍——
侧平民文学于正统者曹氏父子之功

有魏诗学，上束两汉，下启六朝，曹氏父子，持其锁钥，而王粲之
徒，皆为之关门启户者也，曹操创造大业，文武并施，以文学励天下士，
一时文学之士，趋附之若恐不及，所谓建安七子者，皆其伦也。而曹氏父
子，亦雅能好之，操子植更冠绝其伦，故一代文学，称极盛焉。正始以
后，玄风渐炽，学者每发为玄妙之思，以相高尚，诗杂仙心，为世所指。
惟阮籍咏怀诸篇，寄托深远，与十五国风同其流，论者且称为五言之冠，
自兹以往，遂浸淫以入于六朝。

四言在汉，渐呈没泊，至魏则已届末运，魏武以雄壮出之，故《短
歌》犹存慷慨之音。王粲以降，作者虽众，而气均不足以举其辞。五言在
魏，正如日之初升，惟尚须海气云峰以渲染之，子建点翰着色于有意无意
之间，故其诗不尽美。子桓七言，又唐体七言之滥觞也。至乐府诸篇，多
曹氏父子之辞。余如王粲、阮瑀、左延年辈，仅或一得。民间之诗，则更
无一焉。乐府不采，风亡于魏。而公宴献诗，情不由己，诗之流弊，见其

端矣。

曹操字孟德，沛国谯郡人，少机警，有权术，举孝廉为郎，迁南顿令，后称魏王，丕立，追谥曰武皇帝。操笃好文学，读书手不释卷，持节秉钺驰驱于戎马间，犹不忘吟咏，故情之所至，辄为激楚之音，所谓沈雄竣爽，时露霸气者是也。尤长于乐府，《魏书》称武帝诗，皆可被之管弦，谅非虚语。有魏诗学，能存两汉之余音者，曹氏一人而已。

> 对酒当歌，人生几何。譬如朝露，去日苦多。
> 慨当以慷，忧思难忘。何以解忧，唯有杜康。
> 青青子衿，悠悠我心。但为君故，沈吟至今。
> 呦呦鹿鸣，食野之苹。我有嘉宾，鼓瑟吹笙。
> 明明如月，何时可掇。忧从中来，不可断绝。
> 越陌度阡，枉用相存。契阔谈宴，心念旧恩。
> 月明星稀，乌鹊南飞。绕树三匝，何枝可依。
> 山不厌高，水不厌深。周公吐哺，天下归心。

（曹操《短歌行》）

曹丕字子桓，操太子，为五官中郎将，武帝薨，嗣位为丞相魏王，受汉禅，即皇帝位。丕慕通达，天资狷薄，其才则洋洋清丽，故所为诗，一变乃父沈雄顿郁之音，而具便娟婉约之致。七言犹工。七言始于《楚辞·大招》，汉刘向辈，亦时为之，然俱未能成体，柏梁联句又疑其伪托，应以子桓为宗。

> 秋风萧瑟天气凉，草木摇落露为霜。群燕辞归雁南翔，念君客游思断肠。慊慊思归恋故乡，君何淹留寄他方。贱妾茕茕守空房，忧来思君不敢忘，不觉泪下沾衣裳。摇琴鸣弦发清商，短歌

微吟不能长。明月皎皎照我床，星汉西流夜未央。牵牛织女遥相
望，尔独何辜限河梁。

（曹丕《燕歌行》）

曹睿字元仲，丕子，年十五封武德侯。旋封平原王，文帝病笃，始立
为太子。睿亦能诗，《乐府》诸篇。声情妍雅，以视乃祖若父，瞠乎后
矣。

> 静夜不能寐，耳听众禽鸣。大城育狐兔，高墉多鸟声。
> 环宇何寥廓，宿屋邪草生。中心感时物，抚剑下前庭。
> 翔佯于阶际，景星一何明。仰首观灵宿，北辰奋休荣。
> 哀彼失群燕，丧偶独茕茕。单心谁与侣，造房孰与成。
> 徒然喟有和，悲惨伤人情。余情偏易感，怀往增愤盈。
> 吐吟音不彻，泣涕沾罗缨。　　　　（曹睿《长行歌》）

曹植字子建，操第三子，丕同母弟也。建安十六年始封平原侯，寻徙
封临菑。丕即帝位，贬为安乡侯，继又立为鄄城王，徙封雍丘。明帝时，
改封浚仪，复还雍丘，徙东阿，终封于陈。怀才见嫉，郁郁终身，薨年四
十一，谥曰思。植天资聪敏，冠绝其伦，与王粲、徐干、陈琳、阮瑀、应
场、刘桢辈以诗文相角逐，莫能相抗，史称之为建安之杰。其诗以情为
主，以才气为用，而敷之以藻丽，故极婉转纤徐之致。至情词深恻。不堪
卒读。雕辞饰句之作，虽属无几，而六朝华缛之风，实启其端。著有赋颂
诗铭杂文凡百馀篇。

> 公子敬爱客，终宴不知疲。清夜游西园，飞盖相追随。
> 明月澄清景，列宿正参差。秋兰被长坂，朱华冒绿池。

潜鱼跃青波，好鸟鸣高枝。神飚接丹毂，轻辇随风移。

飘摇放志意，千秋长若斯。

（曹植《公宴诗》）

明月照高楼，流光正徘徊。上有秋思妇，悲叹有余哀。

借问叹者谁，云是宕子妻。君行逾十年，孤妾常独栖。

君若清路尘，妾若浊水泥。浮沉各异势，会合何时谐。

愿为西南风，长逝入君怀。君怀时不开，贱妾欲何依。

（曹植《七哀》）

　　王粲字仲宣，山阳高平人，献帝西迁，粲从至长安，以西京扰乱，乃之荆州依刘表，后太祖辟为右丞相掾，拜侍中，建安二十二年卒。钟嵘《诗评》称其诗"文秀而质羸，在曹（植）刘（桢）间别构一体，方陈思不足，比魏文有余，"著有诗赋论议凡六十余篇。

西京乱无象，豺虎方遘患。复弃中国去，委身适荆蛮。

亲戚对我悲，朋友相追攀。出门无所见，白骨蔽平原。

路有饥妇人，抱子弃草间。顾闻号泣声，挥涕独不还。

未知身死处，何能两相完。驱马弃之去，不忍听此言。

南登霸陵岸，回首望长安。悟彼下泉人，喟然伤心肝。

（王粲《七哀诗》之一）

　　刘桢字公干，东平人，曹操掾为丞相辟属，太子丕尝宴诸文学，酒酣，命夫人甄氏出拜，坐中咸伏，桢独平视，操闻之，乃收治罪，减死输左作，建安二十二年卒。桢与王粲齐名，而亚于子建。钟嵘《诗评》称其诗"仗气爱奇，动多振绝，贞骨陵霜，高风跨俗，但气过其文。"曹丕云："公干有逸气，但未遒耳。至于五言诗之善者，妙绝时伦。"著有诗赋数十篇。

> 余婴沈痼疾，窜身清漳滨。自夏涉玄冬，弥旷十余旬。
> 常恐游岱宗，不复见故人。所亲一何笃，步趾慰我身。
> 清谈同日夕，情盼叙忧勤。便复为别辞，游车归西邻。
> 素叶随风起，广路扬埃尘。逝者如流水，哀此遂离分。
> 追问何时会，要我以阳春。望慕结不解，贻尔新诗文。
> 勉哉修令德，北面自宠珍。
>
> （刘桢《赠五官中郎将诗》四之一）

陈琳字孔璋，广陵人，避乱冀州，袁绍辟之使典密事，绍死，曹操辟为军谋祭酒，典记史，以病卒，军国书檄，多琳所作，亦能诗。

> 饮马长城窟，水寒伤马骨。往谓长城吏，慎莫稽留太原卒。
> 官作自有程，举筑谐汝声，男儿宁当格斗死，何能怫郁筑长城。
> 长城何连连，连连三千里。边城多健少，内舍多寡妇。作书与内
> 舍，便嫁莫留住。善事新姑嫜，时时念我故夫子。报书往边地，
> 君今出语一何鄙。身在祸难中，何为稽留他家子。生男慎莫举，
> 生女哺用脯。君独不见长城下，死人骸骨相撑拄。结发行事君，
> 慊慊心意间。明知边地苦，贱妾何能久自全。
>
> （陈琳《饮马长城窟行》）

徐干字伟长，北海人，为司空军谋祭酒掾属，五官中郎将（丕）文学。丕极称其赋曰："徐干时有齐气，然粲之匹也。"亦能诗。

与君结新婚，宿昔当别离。凉风动秋草，蟋蟀鸣相随。

冽冽寒蝉吟，蝉吟抱枯枝。枯枝时飞扬，身体勿迁移。

不悲身迁移，但惜岁月驰。岁月无穷极，会合安可知。

愿为双黄鹄，比翼戏清池。

（徐干《为挽船士与新娶妻别诗》）

应场字德琏，汝南人，曹操辟为丞相掾属，后为五官中郎将文学。场长于文章，曹丕称其"和而不壮"。亦能诗。

朝雁鸣云中，音响一何哀。问子游何乡，戢翼正徘徊。

言我寒门来，将就衡阳栖。往春翔北土，今冬客南淮。

远行蒙霜雪，毛羽日摧隤。常恐伤肌骨，身陨沈黄泥。

简珠堕沙石，何能中自谐。欲因云雨会，濯翼陵高梯。

良遇不可值，伸眉路何阶。公子敬爱客，乐饮不知疲。

和颜既以畅，乃肯顾细微。赠诗见存慰，小子非所宜。

为且极欢情，不醉其无归。凡百敬尔位，以副饥渴怀。

（应场《侍五官中郎将建章台集诗》）

阮瑀字元瑜，陈留人，曹操为司空，召为军谋祭酒，与陈琳共管记室，长于章表，亦能诗。

民生受天命，漂若河中尘。虽称百龄寿，孰能应此身。

犹获婴凶祸，流离虽恒苦辛。　　　　（阮瑀《怨诗》）

嵇康字叔夜，谯郡人，好言庄老，而尚奇任侠，与魏宗室婚，拜中散大夫。山涛为吏部，举康自代，康答书言不堪流俗，非薄汤武。大将军司马昭闻之而怒，以钟会谮杀之。康有奇才，博览无所不见。孙登尝谓之曰："子才多识寡，难乎免于今之世也。"其诗清峻，四言有别致。

> 息徒兰圃，秣马华山。流磻平皋，垂纶长川。
> 目送飞鸿，手挥五弦。俯仰自得，游心太玄。
> 嘉彼钓叟，得鱼忘筌。郢人逝矣，谁肯与言。
>
> （嵇康《赠秀才从军》十九之一）

阮籍字嗣宗，陈留尉氏人，瑀子，蒋济辟为掾，谢病去，旋为尚书郎，高贵乡公时，进为散骑常侍。大将军昭欲为其子炎求婚，籍乃醉六十日，不得言而止。后引为从事中郎。籍闻步兵厨多美酒，遂求为步兵校尉以终。籍有《咏怀诗》八十余首，反复零乱，兴寄无端，和愉哀怨，杂集其中，为古诗十九首后仅有之作。钟嵘《诗评》称其诗："无雕虫之巧，而咏物咏怀，可以舒性灵，发幽思，言犹耳目之内，情寄作荒之外，洋洋乎源于风雅。"颜延年曰："籍在晋代，常虑祸患，故发此咏。看来诸咏，非一时所作，因情触景，随兴寓言，有说破者，有不说破者，忽哀忽乐，俶诡不羁。"五言之冠冕也。

> 嘉树下成蹊，东园桃与李。秋风吹飞藿，零落从此始。
> 繁华有憔悴，堂上生荆杞。驱马舍之去，去上西山趾。
> 一身不自保，何况恋妻子。凝霜被野草，岁暮亦云已。
> 驾言发魏都，南向望吹台。箫管有遗音，梁王安在哉。
> 战士食糟糠，贤者处蒿莱。歌舞曲未终，秦兵已复来。
> 夹林非吾有，朱宫生尘埃。军败华阳下，身竟为土灰。
>
> （阮籍《咏怀》之二）

此外与建安诸子齐名者，如繁钦、应璩、缪袭、左延年辈，亦均能诗，应著诗甚多，繁、缪、左俱以乐府称。

生时游国都，死没弃中野。朝发高堂上，暮宿黄泉下。

白日入虞渊，悬车息驷马。造化虽神明，安能复存我。

形容少歇灭，齿发行当堕。自古皆有然，谁能离此者。

（缪袭《挽歌》）

两汉之诗，专于述情。六朝又益之以藻丽，魏其最初之染翰着色者也。故魏诗已渐变两汉质直之风，稍涉于华缛。至乐府诸篇，虽非采自民间，观其刻意拟摹，似有所慕尚。所谓侧平民文学于正统之间者，曹氏父子之功也。

第八章 两晋诗学极盛
与中兴以后作者之玄思（上）

晋承魏响风雅之音一变而为华缛——三张二陆两潘一左与同
时之作者——刘琨——卢谌——司马彪欧阳健以次之作者

晋承有魏诗学之馀余韵，而力振之，藻思有余，才力不足，风雅之
音，一变而为华缛，建安风力，于是乎尽矣。然而作者甚众。太康（武
帝）以降，历元康（惠帝）以迄永嘉（怀帝）四十年间，所谓三张（张
华、张载、张协）二陆（陆机、陆云）两潘（潘岳、潘尼）一左（左思）
傅玄刘琨之伦，均能含芬吐艳，敷藻结丽，以相标尚，俊秀奇英，后先辉
映，其所为诗，史称之曰太康体。玄学于此际，正如微风徐扇，翔云渐
集，作者又均不免杂入多少玄思，致为诗思之梗，孙楚、卢谌诸人，其显
著者也。迨及元帝，中兴江左，河洛之地，沦于胡虏，北方文人，方流离
转徙于戎马间，何暇致力吟咏，而衣冠文物，遂悉萃南服，即后世论文
者，亦莫不首推江左。惟玄风大炽，一时诸彦，皆好语玄虚，为学穷于杜
下，博物止乎七篇。驰骋文辞，义殚乎此。萧子显《南齐书·文苑传论》
云："江左风味，盛道家之言，郭璞举其灵变，许恂极其名理，仲文（殷
仲文）玄气，犹不尽除，谢混清新，得名未盛……"郭璞之作，寄喻多

端，允推中兴第一。孙绰、许恂之诗，惜乎传者已寡。至仲文、谢混，殆皆欲革玄风而未能者也。沈约《谢灵运传论》云："仲文始革孙许之风，叔源（谢混字）大变太元之气……"盖自建武（元帝）以至义熙（安帝）为玄学极盛时期，文人学士浸淫于其中者，且百载，欲一旦革除，诚属匪易，矧谢氏等之声名才力有所未逮乎。独陶潜能以人生之趣，发为诗歌，玄言之杀，语及田舍，高风亮节，蔚为一代大宗，实则其一切思想，亦莫非由玄学蜕化而出，势之所趋，固莫可如之何也。

四言在晋，作者甚众，然均庸下无足观，大家如张华《励志》，束晳《补亡》，应贞《华林》，潘岳《关中》以及刘琨、卢谌之《酬赠》，陶潜之《停云》……皆为时人所称许赞赏弗置者，非但不足以抗颜《三百》，即视韦孟如登天，非诸子之材劣，四言之势尽也。五言在晋，正如堆锦，华缛之外，又益之以工整，字俪句偶，法亦稍密焉。七言至梁陈，始有作者，晋宋之间，率不一得。盖晋宋以降，正五言推衍时期也。

张华字茂先，范阳方城人，晋武帝受禅，以为黄门侍郎，赞伐吴有功，封广武侯，元康（惠帝）六年拜司空，与赵王伦、孙秀有隙，为伦、秀所害。钟嵘《诗评》称其诗"儿女情多，风云气少"。谢康乐云："张公虽复千箱，犹一体耳。"所论虽不尽然，而其体浮艳，实少凌空矫健之致。何义门云："张公诗惟《励志》一篇，馀均女郎诗也。"亦非中论。

> 清风动帷帘，晨月照幽房。佳人处遐远，兰室无容光。
> 襟怀拥虚景，轻衾覆空床。居欢惜夜促，在戚怨宵长。
> 拊枕独啸叹，感慨心内伤。
> 游目四野外，逍遥独延伫。兰蕙缘清渠，繁华荫绿渚。
> 佳人不在兹，取此欲谁与。巢居知风寒，穴处识阴雨。
> 不曾远别离，安知慕俦侣。　　　　　　（张华《情诗》）

何劭字敬祖，陈国阳夏人，司空曾之子，武帝践祚，以为散骑常侍，永康（惠帝）中，初迁司徒，赵王伦篡位，以为太宰，卒袭封朗陵郡公。何义门以其《游仙诗》为游仙正体，郭宏农（郭璞）其变也。

> 青青陵上松，亭亭高山柏。光色冬夏茂，根柢无雕落。
> 吉士怀贞心，悟物思远托。扬志玄云际，流目瞩岩石。
> 羡昔王子乔，友道发伊洛。迢递陵峻岳，连翩御飞鹤。
> 抗迹遗万里，岂恋生民乐。长怀慕仙类，眩然心绵邈。
>
> （何劭《游仙诗》）

傅玄字休奕，北地泥阳人，州举秀才，迁至司隶校尉。其诗长于乐府，短于古诗。乐府诸篇，多有新致，唐人乐府之先声也。子咸字长虞，举孝廉，拜太子洗马，后为司隶校尉，亦能诗。

> 车遥遥兮马洋洋，迫思君兮不可忘。君安游兮西入秦，
> 愿为影兮随君身。君在阴兮影不见，君依光兮妾所愿。
>
> （傅玄《车遥遥篇》）

> 日月光太清，列宿曜紫微。赫赫大晋朝，明明辟皇闱。
> 吾兄既凤翔，王子亦龙飞。双鸾游兰渚，二离扬光辉。
> 携手升玉阶，并坐侍丹帷。金珰缀惠文，煌煌发令姿。
> 斯荣非攸庶，缱绻情所希。岂不企高踪，麟趾邈难追。
> 临川靡芳饵，何为守空坻。槁叶待风飘，逝将与君违。
> 违君能无恋，尸素当言归。归身蓬荜庐，乐道以忘饥。
> 进则无云补，退则恤其私。但愿隆宏美，王度日清夷。
>
> （傅咸《赠何劭王济诗》）

束皙字广微，阳平元城人，父惠为冯翊太守，兄粲与皙齐名，皙博学多识，问无不对，三十九岁卒，元城为之废市。著有《补亡诗》六篇，其《自序》曰："皙与同业畴人，肄修乡饮之礼，然所咏之诗，或有义无辞，音乐取节，阙而不备，于是遥想既往，存思在昔，补著其文，以缀旧制。"所作虽力摹《三百篇》，而读之纯是晋语，诗固可存，以入《三百》，犹未能也。

　　循彼南陔，言采其兰。眷恋庭闱，心不遑安。彼君之子，罔或游盘。馨尔夕膳，洁尔晨餐。

　　循彼南陔，厥草油油。彼居之子，色思其柔。眷恋庭闱，心不遑留。馨尔夕膳，洁尔晨羞。

　　有獭有獭，在河之涘。凌彼赴泊，噬鲂捕鲤。嗷嗷林鸟，受哺于子。养隆敬薄，惟禽之似。勖增尔虔，以介丕祉。

（束皙《补亡》六之一《南陔》）

陆机字士衡，吴郡人，大司马抗之子也，少为吴门牙将军，吴亡入洛，太傅杨骏，辟为祭酒，赵王伦辅政，引为参军。泰安（惠帝）初，成都王颖等起兵讨长沙王乂，假机后将军河北大都督，因战败，为颖所害。钟嵘《诗评》称其诗："才高辞赡，举体华密，气少于公干（刘桢），文劣于仲宣（王粲），但尚规矩，不贵绮错，有伤直寄之奇也。"又称其《拟诗》十二首："文泽以丽，意悲而切，惊心动魄，几于一字千金。"惟词旨浮浅，专工涂泽，不类诗而类赋。且拟古诸篇，士衡首创其体，开后人模拟之风，以视公宴，其敝愈甚。弟云字士龙，与兄齐名，号曰二陆，为吴王郎中令，出宰浚仪；有惠政，机被收，并收云，云亦能诗。

安寝北堂上，明月入我牖。照之有余辉，揽之不盈手。

凉风绕曲房，寒蝉鸣高柳。踟蹰感节物，我行永已久。

游宦会无成，离思难常守。（陆机《拟明月何皎皎》）

我在三川阳，子居五湖阴。山海一何旷，譬彼飞与沉。

目想清慧姿，耳存淑媚音。独寐多远念，寤言抚空衿。

彼美同怀子，非尔谁为心。（陆云《为颜彦先赠妇》）

潘岳字安仁，荥阳中牟人，美姿仪，少以才颖发名，善属文，清绮绝世，举秀才为郎，迁县令，入补尚书郎，累迁给事黄门侍郎。素与孙秀有隙，及赵正伦辅政，秀遂诬岳与石崇作乱，诛之。钟嵘《诗评》称其诗："翩翩弈弈，如翔禽之羽毛，衣帔之绡縠，犹尚浅于陆机。"谢混云："潘诗烂如舒锦，无处不佳。陆文如披沙拣金，往往得宝。"美则尽美，惟诗格不高，所谓剪彩为花，绝少生韵者，是也。惟《悼亡》诸篇，情景逼真，词意缠绵，后世悼亡之作，未有能出其右者。从子尼，字正叔，初应州辟，后以父老归，父终乃出，官至太常。

荏冉冬春谢，寒暑忽流易。之子归穷泉，重壤永幽隔。

私怀谁克从，淹留亦何益。僶俛恭朝命，回心返初役。

望庐思其人，入室想所历。帏屏无仿佛，翰墨有余迹。

流芳未及歇，遗挂犹在壁。怅恍如或存，回惶怵惊惕。

如彼翰林鸟，双栖一朝只。如彼游川鱼，比目中路析。

春风缘隙来，晨溜依檐滴。寝兴何时忘，沈忧日盈积。

庶几有时衰，庄岳犹可击。（潘岳《悼亡》三之一）

南山郁岑崟，洛川迅且急。青松荫修岭，绿蘩被广隰。

朝日顺长涂，夕暮无所集。归云乘幌浮，凄风寻帷入。

道逢深识士，举手对吾揖。世故尚未夷，崤函方险涩。

狐狸夹两辕，豺狼当路立。翔凤婴笼槛，骐骥见维絷。

俎豆昔尝闻，军旅素未习。且少停君驾，徐待干戈戢。

（潘尼《迎大驾诗》）

　　左思字太冲，齐国临淄人，征为秘书郎，齐王冏命为记室，辞疾不就，以疾终。太冲以《咏史诗》见称于世，其诗不必专咏一人专咏一事，而己之性情俱见，胸次高旷，千秋绝调，为建安以后仅有之文字。钟嵘《诗评》称其诗："野于陆机，而深于潘岳。"非确论也。

弱冠弄柔翰，卓荦观群书。著论准过秦，作赋拟相如。

边城苦鸣镝，羽檄飞京都。虽非甲胄士，畴昔览穰苴。

长啸激清风，志若无东吴。铅刀贵一割，梦想骋良图。

左盼澄江湘，右盼定羌胡。功成不受爵，长揖归田庐。

（左思《咏史》八之一）

　　张协字景阳，安平人，与兄载齐名，辟公府掾，累迁中书侍郎，转河间内史。时天下已乱，遂屏居草泽，以属咏自娱，终于家。其《杂诗》诸篇，取境写情，几跻《十九首》之哉，而造语遣词，则纯乎晋响。钟嵘《诗评》称其诗："文体华净少病，有巧构形似之言，雄于潘岳，靡于太冲，风流调达，实旷代之高才。其辞葱茜，音韵铿锵，使人味之，亹亹不绝。"何义门曰："胸次之高，言语之妙，景阳与元亮（陶潜）之在两晋，盖犹长庚启明之丽天矣。"载字孟阳，拜著作佐郎，稍迁领著作，遂称疾告归，卒于家，亦能诗。

秋夜凉风起，清气荡暄浊。蜻蚁吟阶下，飞蛾拂明烛。
君子从远役，佳人守茕独。离居几何时，钻燧忽改木。
房栊无行迹，庭草萋以绿。青苔依空墙，蜘蛛网四屋。
感物多所怀，沈忧结心曲。　　（张协《杂诗》十之一）

北芒何垒垒，高陵有四五。借问谁家坟，皆云汉世主。
恭文遥相望，原陵郁肬肬。季世丧乱起，贼盗如豺虎。
毁坏过一坯，便房启幽户。珠柙离玉体，珍宝见剽虏。
园寝化为墟，周墉无遗堵。蒙笼荆棘生，蹊径登童竖。
狐兔窟其中，芜秽不及扫。颓陇并垦发，萌隶营农圃。
昔为万乘君，今为邱山土。感彼雍门言，凄怆哀今古。

（张载《七哀诗》二之一）

孙楚字子荆，太原中都人，少负才气多凌傲，初为石苞骠骑参军，初至，长揖，曰，"天子命我参卿军事。"因此搆隙，湮废积年。后扶风王骏起为征西参军，惠帝初，拜冯翊太守。其诗多杂玄语，读之飘飘然有玄意。

晨风飘岐路，零雨被秋草。倾城远追送，饯我千里道。
三命皆有极，咄嗟安可保。莫大于殇子。彭眸犹为夭。
吉凶如纠缠，忧喜相纷绕。天地为我垆，万物一何小。
达人垂达观，诚此苦不早。乖离即长衢，惆怅盈怀抱。
孰能察其心，鉴之以苍昊。齐契在今朝，守之与偕老。

（孙楚《征西官属送于陟阳侯作诗》）

刘琨字越石，中山人，少以雄豪著名，永嘉（怀帝）初，为并州刺史，建兴（愍帝）二年，加大将军都督并州，三年进司马，四年其长史以

并州叛，降石勒，琨遂奔蓟。段匹䃅因与结婚约以共戴晋室。元帝渡江，
复加太尉，封广武侯，后其子群与匹䃅有隙，遂被害。越石英雄失路，万
绪悲凉，故其诗随笔倾吐，哀音无次。钟嵘《诗评》称其诗："善为凄戾
之辞，且有清拔之气，琨既体良才，又罹厄运，故善叙丧乱，多感慨之
言。"以之置于中兴以后诸家，可称上品，在中兴以前，则格力似有所不
逮矣。

> 朝发广莫门，暮宿丹水山。左手弯繁弱，右手挥龙渊。
> 顾瞻望宫阙，俯仰御飞轩。据鞍长叹息，泪下如流泉。
> 系马长松下，发鞍高岳头。烈烈悲风起，冷冷涧水流。
> 挥手长相谢，哽咽不能言。浮云为我结，归鸟为我旋。
> 去家日已远，安知存与亡，慷慨穷林中，抱膝独摧藏。
> 麋鹿游我前，猿猴戏我侧。资粮既乏尽，薇蕨安可食。
> 揽辔命徒侣，吟啸绝岩中。君子道微矣，夫子故有穷。
> 惟昔李骞期，寄在匈奴庭。忠信反获罪，汉武不见明。
> 我欲竟此曲，此曲悲且长。弃置勿重陈，重陈令心伤。
>
> （刘琨《扶风歌》）

卢谌字子谅，范阳人，好老庄，为刘琨主簿，琨为段匹䃅所害，谌投
段末波，后为石季龙所得，官至中书监属，冉闵诛石氏，因遇害。谌览古
诗云："舍生岂不易，处死诚独难。"越石前车不远，而辗转以殉于石氏，
惜哉。诗亦有玄语。

> 亹亹圆象运，悠悠方仪廓。忽忽岁云暮，游原采萧藿。
> 北逾芒与河，南临伊与洛。凝霜沾蔓草，悲风振林薄。
> 摵摵芳叶零，蕊蕊芳华落。下泉激冽清，旷野增辽索。

登高眺遐荒，极望无崖崿。形变随时化，神感因物作，
澹乎至人心，恬然存玄漠。

（卢谌《时兴诗》）

与张、陆、潘、左诸家争驰者，如司马彪、欧阳建、石崇、张翰、曹
摅、王瓒、枣据、郭泰机诸人，均有诗传世。尤以欧阳建之《临终诗》，
石季伦之《王明君辞》，司马彪之《椅桐》（《赠山涛》），郭泰机之《寒
女》（《答傅咸》），最为世人所称述。至刘伶之伦，虽亦能诗，而多语玄
虚，与孙楚辈同其流矣。

百草应节生，含气有深浅。秋草独何辜，飘飘随风转。
长飙一飞薄，吹我之四远。搔首望故株，邈然无由返。

（司马彪《杂诗》）

富贵他人合，贫贱亲戚离。廉蔺门易轨，田窦相夺移。
晨风集茂林，凄鸟去枯枝。今我唯蒙困，群士所背驰。
乡人敦懿义，济济荫光仪。对宾送有客，举觞咏露斯。
临乐何所叹，素丝与路岐。

（曹摅《感旧》）

西晋作家，略如上述，玄风未炽，词采方张，济济多士，可谓盛矣。

第九章 两晋诗学极盛
与中兴以后作者之玄思（下）

东晋诗人之玄化——郭璞——孙许——殷谢——陶渊明——
王羲之以次之作者——两晋之民间歌诗

刘琨、卢谌之诗，已入东晋，惟出官未久，即遭祸灭。琨诗悲壮淋漓，为中兴以前诸家作品中所仅见，故取以为西晋之殿，非有所偏尚也。自兹以往，玄学大炽，而诗学遂日在玄风摇漾中，因以不竟。中兴第一作家之郭宏农，竟以《游仙诗》称，其余可知也。渊明皇皇，欲变其奏，渊明入宋未仕，故列于晋，实则其诗已入宋矣。

郭璞字景纯，河东闻喜人，文学冠一时，尤妙于阴阳算历卜筮之术，王导引为参军，迁尚书郎，以母忧去。王敦起为记室参军，敦既谋逆，使筮，璞曰："无成，寿且不久。"敦大怒，即收斩之。敦平，追赠宏农太守。璞以《游仙诗》见称于世。诗皆有托，与左思《咏史》同属述怀之作，故意气慷慨，撰语宏俊。沈归愚曰："游仙诗本有托而言，坎壈咏怀，其本旨也，钟嵘贬其少列仙之趣，谬矣。"然钟嵘许其为中兴后第一人。

青谿于馀仞，中有一道士。云生梁栋间，风出窗户里。

借问此何谁，云是鬼谷子。翘迹企颖阳，临河思洗耳。

阊阖西南来，潜波唤鳞起。灵妃顾我笑，粲然启玉齿。

蹇修时不存，要之将谁使。

（郭璞《游仙诗》之一）

孙绰字兴公，太原中都人，楚孙，为章安令，稍迁散骑常侍，寻转廷尉卿，卒。绰为一时才华之冠，沉于玄学亦最深。刘彦和《文心雕龙·时序》云："自中朝贵玄，江左称盛，因谈馀气，流成交体，是以世极迍邅，而辞意夷泰，诗必柱下之旨归，赋乃漆园之义疏。"正指孙绰一辈人物。其答许恂诗有句云："遗荣荣在，外身身全。卓哉先师，修德就闲。散以玄风，涤以清川。或步重基，或恬蒙园。道足匈怀，神栖浩然。"聆此数语，其沉溺可知。惟所传之《情人碧玉歌》，香艳欲绝，不类其人。

碧玉小家女，不敢攀贵德。感郎千金意，惭无倾城色。

碧玉破瓜时，郎为情颠倒。感君不羞赧，回身就郎抱。

（孙绰《碧玉情人歌》）

许恂字玄度，好游山水，少与孙绰有高尚之志，及长而道合，所谓泳必齐味，翔必俱游者是也。《文选注》引《续晋阳秋》曰："许恂有才藻，善属文，与太原孙绰转相祖尚，又加以三世之辞，而风骚之体尽矣。恂、绰并为一时文宗，自此作者悉化之。"其诗传者甚少。孙绰《答许恂诗》称其诗云："贻我新诗，韵灵旨清。粲如挥锦，琅若叩琼。既欣梦解，独愧未冥。愠在有身，乐在忘生。余则异矣，无往不平。理苟皆是，何累于情。"读其所传之《竹扇诗》，真不知所谓"韵灵旨清"者，果何在也。

> 良工眇芳林，妙思触物骋。篾疑秋蝉翼，团取望舒景。
>
> （许恂《竹扇诗》）

殷仲文字仲文，陈郡人，少有才藻，从兄仲堪荐用于会稽王道子，复从桓玄反，玄诛，为刘裕所杀。谢灵运云："殷仲文读书半袠豹，则文才不减班固。"仲文诗虽杂玄思，而时有胜语，所谓玄气未尽除者，似是。至其清迥处，已开谢氏，诗风之转变，此其端也。

> 四运虽鳞次，理化各有准。独有清秋日，能使高兴尽。
> 景气多明远，风物自凄紧。爽籁惊幽律，哀壑叩虚牝。
> 岁寒无早秀，浮荣甘凤陨。何以标贞脆，薄言寄松菌。
> 哲匠感萧晨，肃此尘外轸。广筵散泛爱，逸爵纤胜引。
> 伊余乐好仁，感祛各亦泯。猥首阿衡朝，将贻匈奴哂。
>
> （殷仲文《南州桓公九并作》）

谢混字叔源，小字益寿，陈郡阳夏人，太傅安之孙也。风华为江左第一，尚孝武帝晋陵公主，官至中领军尚书左仆射，以与刘裕善坐诛。钟嵘《诗评》以义熙末年，独益寿一人，为绮萃之冠。其诗务为清丽，力除玄习，惟声望未隆，而才情亦有所弗逮，以故享名未盛。至其清华秀色，谢氏之先声也。

> 悟彼蟋蟀唱，信此劳者歌。有来岂不疾，良游常蹉跎。
> 逍遥越城肆，愿言屡经过。回阡被陵阙，高台眺飞霞。
> 惠风荡繁囿，白云屯曾阿。景昃鸣禽集，水木湛清华。
> 褰裳顺兰沚，徙倚引芳柯。美人愆岁月，迟暮独如何。

无为牵所思，南荣戒其多。

（谢混《游西池》）

陶渊明字元亮，入宋名潜，浔阳柴桑人，太尉长沙公侃之曾孙，少有高趣，亲老家贫，起为州祭酒，不堪吏职，解归，躬耕自资，隆安（安帝）中为镇军参军，义熙元年迁建威参军，未几求为彭泽令，在县八十余日解归，暨入宋，终身不仕，颜延年诔之。谥曰靖节徵士。萧统云："渊明文章不群，词采精拔，跌宕昭彰，独超众类，抑扬爽朗，莫之与京……语时事则指而可想，论怀抱则旷而且真……"诗至渊明，为之一变。力排玄气，摹写田园，清远闲逸之中，寓有一段渊深朴茂，为六朝诗品中最上乘。《神释》诸篇，玄音袅袅，犹存诗学转变之遗痕，一代文学之起伏，岂偶然哉。吾人读其《归园田居》诸诗，便窥得其平生之旨志。读其《移居》诸诗，可借悉其独得之深趣。《饮酒》诸诗，本是写怀，故能言中有物。《咏史》诸诗，本是述慨，故能寄托深远。至《挽歌》诸诗，则又其人生观感也。

少无适俗韵，性本爱邱山。误落尘网中，一去三十年。
羁鸟恋旧林，池鱼思故渊。开荒南野际，守拙归园田。
方宅十余亩，草屋八九间。榆柳荫后檐，桃李罗堂前。
暧暧远人村，依依墟里烟。狗吠深巷中，鸡鸣桑树颠。
户庭无杂尘，虚室有馀闲。久在樊笼里，复得返自然。

（陶渊明《归园田居》五之一）

有生必有死，早终非命促。昨暮同为人，今日在鬼录。
魂气散何之，枯形寄空木。娇儿索父啼，良友抚我哭。
得失不复知，是非安能觉。千秋万岁后，谁知荣与辱。

但恨在世时，饮酒不得足。

（陶渊明《挽歌诗》）

　　此外如王羲之、杨方、王鉴、李充、袁宏、曹毗辈，均有诗传世，毗于诸人中尤知名，有《续杜兰香歌》十首，为世所称。而王凝之妻谢道韫，以妇女能诗，驰誉千载，谢氏门中，诚可谓多才者矣。

仰视碧天际，俯瞰绿水滨。寥阒无涯观，寓目理自陈。
大矣造化工，万殊莫不均。群籁虽参差，适我无非新。

（王羲之《兰亭集》诗）

峨峨东岳高，秀极冲青天。岩中虚间宇，寂寞幽以玄。
非工复非匠，云构发自然。气象尔何物，遂令我屡迁。
誓将宅斯宇，可以尽天年。

（谢道韫《登山诗》）

　　晋之民间歌诗，亦多有可称，《读曲子夜》其最著者。王士祯称《三峡谣》一篇，写山石迂回，千载下无出其右者，今读其词，亦觉有迂回之致。《休洗红》两首，意朴词新，有不可言传之情美，斯诚至文，或以为伪作，不可考也。

朝见黄牛，暮见黄牛。三朝三暮，黄牛如故。

（《三峡谣》黄牛岩名）

休洗红，洗多红色澹。丕惜故缝衣，记得初按茜。人寿百年
能几何，后来新妇今为婆。

休洗红，洗多红在水。新红裁作衣，旧红番作里。回黄转绿

无定期，世事反复君所知。

（《休洗红》）

总观两晋诗学，西晋人才极盛，故烂若春华。东晋溺于玄思，而中多

妙语。《文心雕龙·时序篇》云："晋虽不文，人才实盛，茂先（张华）摇

笔而散珠，太冲（左思）动墨而横锦，岳湛（潘岳、夏侯湛）曜联璧之

华，机云（陆机、陆云）标二俊之采，应傅三张（应贞、傅玄、傅咸、张

载、张协、张亢）之徒，孙挚成公（孙楚、虞挚、成公绥）之属，并结藻

清英，流韵绮靡……"钟嵘曰："永嘉贵黄老，稍尚虚谈，于是篇什，理

过其辞，淡乎寡味。爰及江表，微波尚传，孙绰许恂桓庾（桓温、庾亮）

诸公，诗皆平典，似道德论，建安风力尽矣。先是郭景纯用俊上之才，创

变其体，刘越石仗清刚之气，赞成厥美，然彼众我寡，未能动俗。"刘彦

和于西晋诸家能撮其概，钟嵘于东晋诸家窥其微矣。

第十章　宋诗再振为六朝诗学之极峰

　　宋诗之侧丽——颜延之——谢灵运——鲍照——三大家以外
之作者——鲍谢小诗为齐梁小诗先导

　　宋诗再振，于晋已兆其机。渊明没于元嘉（宋文帝）之初，其诗当已
入宋，特入宋未仕耳。有宋诗学，莫盛于元嘉，延之（颜延之）巧思，举
体华密。灵运（谢灵运）山水，刻书惟工。谢氏诸昆，追随左右。鲍照孤
出，名亦标世。弃淳白之用，而竞丹腹之奇，离质木之音，而任宫商之
巧，黄初正始后一大变也。刘彦和曰："宋初文咏，庄老告退，而山水方
滋，俪采百字之偶，争价一句之奇。情必极貌以写物，辞必穷力而追新，
此自灵运倡之矣。"盖琢词饰句，视两晋为尤甚焉。六朝诗体，至宋而
极。谢氏诸诗，清丽无俦，鲍照乐府，别储奇响，一代风华，于斯为上。
故欲求六朝诗学之代表，舍有宋而莫当焉。

　　颜延之字延年，琅琊临沂人，补太子舍人，出为始安太守，元嘉中，
征为中书侍郎，为刘湛所构，复出守永嘉，怨愤作《五君咏》，复为金紫
光禄大夫。延之少孤贫，好读书，晋义熙十二年，高祖北伐，有宋公之
授，延年亦奉使至洛，道中作诗二首，文辞藻丽，为谢晦、傅亮所赏。有
江右潘陆、江左颜谢之称。当薄汤惠休诗，以为委巷中歌谣耳。问鲍照己
与灵运诗优劣，照曰："谢五言如初发芙蓉，自然可爱。君诗如铺锦列

绣，亦雕绘满眼。”延之终身以为病。钟嵘《诗评》称其诗：“体裁绮密，动无虚散，一句一字，皆致意焉。”《五君咏》《秋胡诗》为世所称。

改服饬徒旅，首路跼险艰。振楫发吴州，秣马陵楚山。
涂出梁宋郊，道由周郑间。前登阳城路，日夕望三川。
在昔辍期运，经始阔圣贤。伊瀔绝津济，台馆无尺椽。
宫陛多巢穴，城阙生云烟。王猷升八表，嗟行方暮年。
阴风振凉野，飞云瞀穷天。临涂未及引，置酒惨无言。
隐闵徒御悲，威迟良马烦。游役去芳时，临来屡徂諐。
蓬心既已矣，飞薄殊亦然。

（颜延年《北使洛》）

谢灵运，陈郡阳夏人，晋车骑将军玄之孙也。文章之美，为江左第一，袭封康乐公。少帝时，出为永嘉太守，郡有名山水，肆意遨游，所至辄发为歌咏。文帝时，征为秘书监。旋乞疾东还，与族弟惠连、东海何长瑜、颍川荀雍、太山羊璿之以文章赏会，为山泽之游。当自始宁南山，伐木开径，直至临海，从者数百人，临海太守王琇惊骇，谓为山贼，知是灵运乃安。后为临川内史，在郡游放，不异永嘉，为有司所纠，弃广州市。灵运肆情山水，故游山玩水之诗为最工，每有所纪，丽典新声，络绎奔会。后人皆以渊明独得田园之趣，灵运独得山水之美，而一出之于诗歌，因又并称陶谢。钟嵘《诗评》称其诗：“颇以繁芜为累。”灵运诗诚有此弊，然其清丽，未可及也。其族弟瞻及惠连，均有诗名，瞻字宣远，其诗镂刻过甚。灵运最爱惠连，尝曰：“每有篇章，对惠连辄得佳句。”钟嵘《诗评》曰：“二谢才思富健，恨其兰玉早雕，长辔未骋，《秋怀捣衣》之作，虽灵运锐思，何以加焉。”盖卒年方二十七也。

猿鸣诚知曙，谷幽光未显。岩下云方合，花上露犹泫。

逶迤傍隈隩，迢递陟陉岘。过涧既厉急，登栈亦陵缅。

川渚屡经复，乘流玩回转。苹萍泛沈深，菰蒲冒清浅。

企石挹飞泉，攀林摘叶卷。想见山阿人，薜萝若在眼。

握兰勤徒结，折麻心莫展。情用赏为美，事昧竟谁辨。

观此遗物虑，一悟得所遣。

（谢灵运《从斤竹涧越岭溪行》）

日落泛澄瀛，星罗游轻桡。憩榭面曲汜，临流对回潮。

辍策共骈筵，并坐相招要。哀鸿鸣沙渚，悲猿响山椒。

亭亭映江月，浏浏出谷飚。斐斐气幂岫，泫泫露盈条。

近瞩祛幽蕴，远视荡喧嚣。晤言不知罢，从夕至清朝。

（谢惠连《泛湖归出楼中玩月》）

鲍照字明远，上党人，家世贫贱，宋临川王爱其才，以为国侍郎。王薨，始兴王濬又引为侍郎。孝武初，除海虞令，迁太学博士，又转永嘉令。大明五年（孝武），为临海王前军参军，兵败，为乱兵所杀，年五十余。明远才秀人微，生不逢辰，故忧危辞多，功名志薄，然抗音吐怀，每成亮节。谢康乐云："天杪常兼，其斯人乎。"张溥为《鲍集》题词云："颜延年与康乐齐名，私问优劣于明远，诚心折之，士顾才如何耳，宁论官阀哉。"其诗形状写物，多自铸伟词，五言雕琢，在颜谢之间，乐府诸篇，遒丽绝伦，奇词异响，为人世所未有。《南齐书·文苑传论》云："发唱惊挺，操调险急，雕藻淫艳，倾炫心魂，亦犹五色之有红紫，八音之有郑卫，斯则鲍照之遗烈也。"何义门曰："诗至明远，发露无遗，李杜韩白，皆从此出。"是照诗又唐名家之府库也。妹令晖，亦有才思，著《香茗赋集》行于世。《乐苑诗品》曰："鲍令晖歌诗，往往崭绝清巧，拟古犹胜。"照称其才亚于左芬，正誉之耳。

淮南王，好长生，服食炼气读仙经。琉璃作碗牙作盘，金鼎玉匕合神丹。合神丹，戏紫房，紫房彩女弄明珰，鸾歌凤舞断君肠。朱城九门门九闺，愿逐明月入君怀。入君怀，结君佩，怨君恨君恃君爱。筑城思坚剑思利，同盛同衰莫相弃。

（鲍照《代淮南王》）

泻水置平地，各自东西南北流。人生亦有命，安能行叹复坐愁。酌酒以自宽，举杯断绝歌路难。心非木石岂无感，吞声踯躅不敢言。

（鲍照《拟行路难》十八之一）

桂吐两三枝，兰开四五叶。是时君不归，春风徒笑妾。

（鲍令晖《寄行人》）

袁淑字阳源，陈郡阳夏人，文华为一时之冠，彭城王起为祭酒，后迁至左卫率府，劭当行篡逆，淑谏，见害。尝见谢庄赋叹曰："江东无我，卿当独步。我若无卿，亦一时之杰也。"诗亦知名。

讯此倦游士，本家自辽东。昔隶李将军，十载事西戎。
结车高阙下，极望见云中。四面各千里，从横起严风。
寒燠岂如节，霜雨多异同。夕寐北河阴，梦远甘泉宫。
勤役未云已，壮年徒为空。乃知古时人，所以悲转蓬。

（袁淑《效古诗》）

吴迈远亦能诗，每作诗得称意语，辄掷地呼曰："曹子建何足数哉。"明帝闻而召之，官至江州从事，《隋书·艺文志》有《吴迈远集》一卷。

> 轻命重意气，古来岂但今。缓颊献一说，扬眉受千金。
> 边风落寒草，鸣筋堕飞禽。越情结楚思，汉耳听胡音。
> 既怀离俗伤，复悲朝光侵。日当故乡没，遥见浮云阴。
>
> （吴迈远《胡筋曲》）

王僧达琅琊人，与颜、谢同时，初为始兴王参军，稍迁至中书令，以屡犯上颜，下狱赐死。有诗名。

> 远山敛雾褫，广庭延月波。气往风集隙，秋还露泫柯。
> 节期既已屏，中宵振绮罗。来欢讵终夕，收泪泣分河。
>
> （王僧达《七夕月下》）

汤惠休本为沙门，孝武帝使还俗，官至扬州从事，亦能诗，乐府尤艳绝。颜延之讥其为委巷中歌谣方当误后生。七言乐府，好每句用韵，是盖欲效曹子桓之《燕歌》而未能者。

> 明月照高楼，含君千里光。巷中情思满，断绝孤妾肠。
> 悲风荡帷帐，瑶翠坐自伤。妾心依天末，思与浮云长。
> 啸歌视秋草，幽叶岂再扬。暮兰不待岁，离华能几芳。
> 愿作张女引，流悲绕君堂。君堂严且秘，绝调徒飞扬。
>
> （汤惠休《怨诗行》）

此外如南平王、刘铄、荀昶、王微辈，均有诗名。铄字休元，文帝第四子，被害时年仅二十有三。拟古诸作，直迫士衡，而清丽且过之，奇才也。昶字茂组，元嘉中，官至中书侍郎，拟古乐府诸篇，亦有似处。《隋书·艺文志》有《荀昶集》十四卷。微字景元，琅琊临沂人，为南平王右军咨议，其诗则王僧达之流亚也。

> 仙仙徐动何盈盈，玉腕俱凝若云行。佳人举袖辉清蛾，掺掺
> 擢手映鲜罗。状似明月泛云河，体如轻风动流波。
>
> （刘铄《白纻曲》）

> 思妇临高台，长想凭华轩。弄弦不成曲，哀歌送苦言。
> 箕帚留江介，良人处雁门。讵忆无衣苦，但知狐白温。
> 日暗牛羊下，野雀满空园。孟冬寒风起，东壁正中昏。
> 朱火独照人，抱景自愁怨。谁知心曲乱，所思不可论。
>
> （王微《杂诗》）

以上诸家，惟颜、谢、鲍三家之敷藻缀丽，最能代表六朝诗学之特色，非必以藻丽为工，六朝之诗势固如是耳。谢之小诗如《东阳溪中赠答》……鲍之小诗如《吴歌采菱》……均足为齐梁小诗之先导。而谢鲍同时，尚不少作者。诗风再变，又见其机。至《乐府》所录《四时子夜》诸歌，视鲍谢小诗，更伤绮靡，盖浸淫已入齐梁矣。

第十一章　齐梁陈诗风绮靡
与六朝诗体之蜕化（上）

齐梁陈诗风之再变——齐诗之声美——王融——元长首倡声律与谢朓诸人并开唐律之端——谢朓——玄晖小诗为宫体滥觞——苏小孟珠两歌之时代彩色

六朝诗至齐、梁、陈，又一变局也。不但辞美，而调亦须响。故作者每成一诗，必准之以宫商，绳之以律吕，务为精密，以相凌架。吾人读其诗，亦觉文学中自应有此一种。其运动最烈者，即所称竟陵八友中之王融、谢朓、沈约是也。王融首倡声律之说，尝谓钟嵘曰："宫商与二仪俱生，自古词人不知之。"沈约和之，创为四声八病，声有平上去入之分，病有平头，上尾，蜂腰，鹤膝，大韵，小韵，旁纽，正纽之殊。其《谢灵运传论》曰："五色相宜，八音协畅，由乎玄黄律吕，各适物宜，欲使宫羽相变，低昂互节，若前有浮声，则后须切响，一简之内，音韵尽殊，两句之中，轻重悉异，妙达此旨，始可言文。"《答陆厥书》云："天机启则律吕自调，六情滞则音律顿殊。"声韵既尚，而唐律之端以开。谢朓以下，作法愈密，盖渐抛弃晋宋雕辞饰字之功，而从事于声韵之和谐也。既至简文，好为轻艳，上下唱和，境内化之，遂益显其绮靡矣。

　　齐之作家，惟王融、谢朓为最著，二人中尤以谢朓为大家。谢诗之美，不仅为齐梁之冠，晋宋诸家，亦少其匹，与灵运、惠连前后辉映、鼎足而三矣。竟陵八友，唯王融、谢朓早世，余如沈约、任昉、范云、陆倕、萧琛辈，则均仕于梁。

　　王融字元长，琅琊临沂人，僧达之孙也，少警慧，博涉有文才，举秀才，历中书郎，永明九年，武帝幸芳林园，禊宴朝臣，使融为《曲水诗序》，文藻富丽，当世称之。帝疾笃，融谋立竟陵王子良，为郁林所嫉，即位十余日，收融下廷尉赐死，年方二十七。融首倡声律之说，故其诗多中节，与谢朓诸人，并开唐律之先，不待徐、庾而具体也。

　　游禽暮知返，行人独不归。坐销芳草气，空度明月辉。
　　嗼容入朝镜，思泪点春衣。巫山采云没，淇上绿条稀。
　　待君竟不至，秋雁双双飞。

（王融《古意》）

　　徘徊将所爱，惜别在河梁。衿袖三春隔，江山千里长。
　　寸心无远近，边地有风霜。勉哉勤岁暮，敬矣事容光。
　　山中殊未怿，杜若空自芳。

（王融《萧咨议西上夜集》）

　　谢朓字玄晖，陈郡阳夏人，文章清丽，解褐豫章王行参军，明帝辅政，以为骠骑咨议，旋出为宣城太守，复入为尚书吏部郎，江祏等谋立始安王遥光，朓不肯，祏白遥光收朓下狱死，时年三十六。钟嵘《诗评》称其诗："一章之中，自有玉石。然奇章秀句，往往警遒。足使叔源失步，明远变色。"朓亦长声律，故能以韵调支配词句，虽涉藻丽，而不见有斧凿痕。清才绮思，任情流露，音调俊美，词采丰华，所谓笔墨之中笔墨之外，别有一段深情妙理。诚如从沈约云："二百年来，无此诗也。"朓诗有句云："馀霞散成绮，澄江净如练。"移以状其诗，最恰当莫比。小诗又为宫体滥觞。

> 江路西南永，归流东北骛。天际识归舟，云中辨江树。
> 旅思倦摇摇，孤游昔已屡。既欢怀禄情，复协沧洲趣。
> 嚣尘自兹隔，赏心于此遇。虽无元豹姿，终隐南山雾。
>
> （谢朓《之宣城郡出新林浦向板桥》）

> 穗帷飘井干，樽酒若平生，郁郁西陵树，讵闻鼓吹声。
> 芳襟染泪迹，婵娟空复情。玉座犹寂寞，况乃妾身轻。
>
> （谢朓《同谢咨议咏铜雀台》）

> 夕殿下珠帘，流萤飞复息。长夜缝罗衣，思君此何极。
>
> （谢朓《玉阶怨》）

此外文人如陆厥、邱巨源、张融、刘绘均有诗传世。永明末都下盛谈文章，绘为后进领袖，时张融以言词便捷，周颙弥为清绮，时人为之语曰："三人共宅夹清漳，张南周北刘中央。"言其才华在张、周二人间也。

> 木叶下，江波连，秋月照浦云歇山。秋思不可裁，复带秋叶
> 来。秋风来已寒，白露惊罗纨。节士慷慨发冲冠，弯弓挂若木，
> 长剑疏云端。
>
> （陆厥《临江王节士歌》）

白云山上尽，清风松下歇。欲识离人悲，孤台见明月。

（张融《别诗》）

别离安可再，而我更重之。佳人不相见，明月空在帷。
共御满堂酌，独敛向隅眉。中心乱如雪，宁知有所思。

（刘绘《有所思》）

余如《乐府》所录《钱塘苏小歌》《丹阳孟珠歌》，更为轻艳，兹并存之。

妾乘油壁车，郎骑青骢马。何处结同心，西陵松柏下。

（《钱塘苏小歌》）

阳春二三月，草与水同色。道逢冶游郎，恨不早相识。

（《丹阳孟珠歌》）

《苏小歌》尚有风意，自是齐诗。《孟珠歌》则纯尚轻艳，与梁之宫体同其流。区区两小诗。竟可为齐梁名家写照，亦云奇矣。齐梁之诗，本同伤绮靡，而诗格之高下。有如此者，一代风流，未可忽也。

第十二章　齐梁陈诗风绮靡
与六朝诗体之蜕化(中)

　　梁诗之绮靡——武帝——西洲曲为初唐乐府之先导——宫体之竞尚——江淹——沈约——范云以次之作者——木兰诗——昭明太子文选与徐陵玉台新咏为文学家编纂总集之始——刘勰文心雕龙与钟嵘诗评为后世批评文学之宗

　　梁诗作者甚众，而绮靡亦愈甚。武帝在齐，与沈约、任昉、范云、陆倕辈，本同列竟陵八友，承祚之后，诸人并在，故文宴侍从，风雅为一时冠。沈约历仕三朝，文名最盛，奖励后学，不遗余力，一时文人如王筠、张率、何逊、刘孝绰、何思澄、吴均、刘勰辈，均籍其延誉以自高尚，击趋附之，济济多士，称极盛焉。武帝诸子，彬彬有文，简文多才，创为宫体，帝王之尊，风靡自易，君唱于上，臣和于下，篇篇艳语，句句情思，汉魏遗轶，遂荡然无存矣。

　　武帝萧衍字叔达，少笃学，韵语之外，湛深经术，著书凡二百卷，文集百二十卷。其诗艳而不轻，摇曳有情致，自是简文以前风格，《西洲曲·东飞伯劳歌·河中之水歌》均为后人所艳称，《西洲曲》且为初唐长篇乐府之先导，如王勃之《采莲曲》、刘希夷之《代悲白头吟》均出此。惟三曲或作晋辞，玩其音节，纯是梁人声调，以附武帝，当不诬也。《西洲曲》今本《玉台新咏》列入江淹诗中，应知其误。

> 忆梅下西洲，折梅寄江北。单衫杏子红，双鬓鸦雏色。
> 西洲在何处，两桨桥头渡。日暮伯劳飞，风吹乌柏树。
> 树下即门前，门中露翠钿。开门郎不至，出门采红莲。
> 采莲南塘秋，莲花过人头。低头弄莲子，莲子青如水。
> 置莲怀袖中，莲心彻底红。忆郎郎不至，仰首望飞鸿。
> 飞鸿满西洲，望郎上青楼。楼高望不见，尽日阑干头。
> 阑干十二曲，垂手明如玉。卷帘天自高，海水摇空绿。
> 海水梦悠悠，君愁我亦愁。南风知我意，吹梦到西洲。

> （梁武帝《西洲曲》）

昭明太子统，字德施，武帝长子，喜文章，聚书多至三万卷，筑"文选楼"，引刘孝威、庾肩吾等讨论坟典，谓之"高斋十学士"，成《文选》三十卷，搜罗精富，集有梁以前文学之大成。《玉台新咏》选梁诗最多，而独略于昭明，其诗之古雅可知，《江南采莲》诸曲，亦新艳。

> 桂楫兰桡浮碧水，江花玉面两相似。莲疏藕折香风起。香风
> 起，白日低，采莲曲，使君迷。

> （昭明太子《采莲曲》）

简文帝纲字世赞，武帝第三子，幼聪敏，读书十行俱下，武帝尝曰："此吾家东阿也。"为侯景所杀。好赋诗，务为轻艳，徐、庾佐之，靡靡之声，风播遐迩，当时号为宫体。晚年自悔，敕徐陵撰《玉台新咏》，集梁以前艳体诗之大成，与昭明《文选》并传。简文《诗序》云："予七岁有

诗癖，长而不倦，然伤于轻艳，当时号曰宫体。"诗虽鲜艳，而风雅坠焉。

　　杨柳乱成丝，攀折上春时。叶密鸟飞碍，风轻花落迟。
　　城高短箫发，林空画角悲。曲中无别意，并是为相思。

（简文《折杨柳》）

　　北窗聊就枕，南檐日未斜。攀钩落绮障，插捩举琵琶。
　　梦笑开娇靥，眠鬟厌落花。簟纹生玉腕，香汗浸红纱。
　　夫婿恒相伴，莫误是倡家。

（简文《咏内人昼眠》）

　　元帝绎字世诚，武帝第七子也，常为湘东王，平侯景，即位江陵。性爱书籍，读书每不释卷，著述极富，亦能诗。

　　杨柳非花树，依楼自觉春。枝边通粉色，叶里映红巾。
　　带日交帘影，因吹扫席尘，拂檐应有意，偏宜桃李人。

（元帝《咏云楼檐柳》）

　　江淹字文通，济阳考城人，少孤贫，起家南徐从事，初随宋建平王景素，入齐，仕至御史中丞。天监（梁武帝）中，迁金紫光禄大夫，改封醴陵侯。文通诗，才力甚富，惟风骨未道，《拟古》三十首为世所称，自两汉迄梁，其间名家，多在模拟之列，气魄之大，几欲远驾士衡而上，刻骨镂心，为后世言模拟者所祖。《拟古诗序》亦典丽可读。

　　西北秋风至，楚客心悠哉。日暮碧云合，佳人殊未来。
　　露彩方泛艳，月华始徘徊。宝书为君掩，瑶琴讵能开。

　　相思巫山渚，怅望阳云台。高炉绝沈燎，绮席生浮埃。
　　桂水日千里，因之平生怀。

（江淹《拟休上人怨别》）

　　沈约字休文，吴兴武康人，少为蔡兴宗所知，引为安西记室。入齐，累迁吏部郎，为文惠太子所优遇。至梁，以佐命功历尚书仆射，封建昌侯。休文平生著述极富，藏书至二万卷，所作《四声谱》为武帝所不喜，尝问周舍何谓四声。舍曰："天子圣哲。"侍宴有歌姬是齐文惠宫人。帝曰："识座中客否。"姬曰："惟识沈家令。"钟嵘《诗评》曰："休文众制，五言最优，详其文论，固知宪章鲍明远也。"以较鲍诗，相差实甚。惟词气尚厚，能存古诗一脉，于有梁一代，称大家焉。

　　生平少年时，分手易前期。及尔同衰暮，非复别离时。
　　勿言一尊酒，明日难重持。梦中不识路，何以慰相思。

（沈约《别范安成》）

　　舍辔下雕辂，更衣奉玉床。斜簪映秋水，开镜比春妆。
　　所畏红颜促，君恩不可长。鹔冠且容裔，岂吝桂枝亡。

（沈约《携手曲》）

　　范云字彦龙，南乡舞阴人，齐建元初，为竟陵王子良文学，至梁，以佐命功封留城侯，官至尚书右仆射。钟嵘《诗评》称其诗："清便宛转，如流风回雪。"沈约之亚也。

　　东风柳线长，送郎上河梁。未尽樽前酒，妾泪已千行。
　　不愁书难寄，但恐鬓将霜。空怀白首约，江上早归航。

（范云《送别诗》）

任昉字彦升，乐安博昌人，仕齐为太常博士，至梁，为御史中丞，文章之美，为当时第一，王公表奏，多出其手，性清约，无所营，惟聚书万余卷以自娱，卒于官，诸子流离不克自振，刘孝标矜之，为作《广绝交论》。元帝为湘东王与庾肩吾书曰："近世如沈约、谢朓之诗，任昉、陆倕之笔，文章之冠冕，述作之楷模也。"亦能诗。

> 与子别几辰，经涂不盈旬。弗睹朱颜改，徒想平生人。
> 宁知安歌日，非君撤瑟辰。已矣余何叹，辍春哀国均。

（任昉《出郡传舍哭范仆射》）

邱迟字希范，吴兴乌程人，初辟徐州从事，武帝践祚，拜中书郎，迁司徒从事中郎。钟嵘《诗评》称其诗："点缀映媚，似落花依草。"至其纤弱，不足多也。

> 诘旦阊阖开，驰道闻凤吹。轻荑承玉辇，细草藉龙骑。
> 风迟山尚响，雨息云犹积。巢空初鸟飞，荇乱新鱼戏。
> 实为北门重，匪亲孰为寄。参差别念举，肃穆恩波被。
> 小臣信多幸，投生岂酬义。

（邱迟《侍晏乐游苑送张徐州应诏》）

柳恽字文畅，河东人，善尺牍工诗，初为齐竟陵王法曹参军，梁天监初，累迁至广州刺史。王融最爱其"亭皋木叶下，陇首秋云飞"句，书之斋壁及白团扇，诗飘逸有新致。

孤衾引思绪，独枕怆忧端，深庭秋草绿，高门白露寒。

思君起清夜，促柱奏幽兰。不怨飞蓬苦，徒伤蕙草残。

行役滞风波，游人淹不归。亭皋木叶下，陇首秋云飞。

寒园夕鸟集，思牖草虫悲。嗟矣当春服，安见御冬衣。

（柳恽《捣衣诗》四之二）

　　吴均字叔庠，吴兴故鄣人，天监初，柳恽为吴兴，召补主簿，后荐之临川靖惠王，王称之于武帝，待诏制作，累迁奉朝请，以私撰《齐春秋》坐免。叔庠诗才清绮，艳语独多，时又称吴均体。

贱妾思不堪，采桑渭城南。带减连枝绣，发乱凤凰簪。

花舞依长薄，蛾飞爱绿潭。无由报君信，流涕向春蚕。

（吴均《古意》六之一）

春从何处来，拂水复惊梅。云障青锁闼，风吹承露台。

美人隔千里，罗帏闭不开。无由得共语，空对相思杯。

（吴均《春咏》）

　　何逊字仲言，东海郯人，承天曾孙，弱冠举秀才，为范云所赏识，天监中，官尚书水部郎。元帝尝曰："诗多而能者，沈约也。诗少而能者，谢朓、何逊也。"诗多情致，浅语能深，与阴铿并称阴何。

暮烟起遥岸，斜日照安流。一同心赏夕，暂解去乡忧。

两岸平沙合，连山远雾浮。客悲不自已，江上望归舟。

（何逊《慈姥矶》）

客心已百念，孤游重千里。江暗雨欲来，浪白风初起。

（何逊《送别》）

徐悱字敬业，东海郯人，勉子，起家著作郎，官至洗马中舍人，出入宫坊历载，以足疾迁。妻刘令娴为孝绰第三妹，才尤清拔，悱为晋安令卒，父勉欲为哀辞，既见令娴祭文，乃搁笔，夫妻均以诗名。

花庭丽景斜，兰牖轻风度。落日更新妆，开帘封春树。
鸣鹂叶中响，戏蝶花间鹜。调瑟本要欢，心愁不成趣。
良会诚非远，佳期今不遇。欲知幽怨多，春闺深且暮。

（刘令娴《春闺怨》）

王筠字元礼，琅琊临沂人，简文时，为太子詹事。昭明太子爱文学士，尝与筠及刘孝绰、陆倕、到洽、殷钧游宴元圃，太子独执筠袖抚孝绰肩曰："所谓左把浮邱袖，右拍洪崖肩。"其见重如此。谢朓称其诗："圆活如弹丸脱手。"沈约曰："晚来名家，王筠独步。"至其轻靡，亦吴均之俦也。武帝同筠和太子《忏悔诗》称仍取筠韵，筠又取馀韵别为一篇，为诗人和韵之始。

丹墀生细草，紫殿纳轻阴。暧暧巫山远，攸攸湘水深。
徒歌鹿卢剑，空贻玳瑁簪。望君终不见，屑泪且长吟。

（王筠《有所思》）

刘孝绰小字阿士，彭城人，七岁能文，舅父王融称为神童，且曰："天下无我，文章当推阿士。"前辈如沈约、任昉、范云诸人，均极称赏，与任昉为尤厚。天监初，起家著作佐郎，官至秘书监，以居母忧冬月饮冰水致病卒。弟孝仪、孝威，孝仪工文，绰与威工诗。

燕赵多佳丽，白日照红妆。荡子十年别，罗衣又带长。

春楼怨难守，玉阶空自伤。对此归飞燕，衔泥绕曲房。

差池入绮幕，上下傍雕梁。故居尤可念，故人安可忘。

相思昏望绝，宿昔梦容光。魂交忽在御，转侧定他乡。

徒然居枕席，谁与同衣裳。空使兰膏夜，炯炯对繁霜。

（刘孝绰《古意》）

此外如庾肩吾、徐摛、曹昶、裴子野、萧子显、张率、到溉、刘峻、虞羲、王僧儒、陶弘景诸人以下，能诗者甚多，约皆好砌丽辞，强为艳语，千百篇如出一人之手，令人读而生厌，此固关乎一代之流风，无足怪也。妇人中范靖妻沈氏，卫敬瑜妻王氏，亦均能诗。沈氏为约孙女，《隋书·艺文志》有梁征西记室范静妻《沈满愿集》三卷。王氏有《孤雁诗》为世所称，诗词宛转，盖绝唱也。《木兰词》亦传为梁人作，玩其音节，类是。唐人韦元甫有《拟木兰诗》一篇，后人并以此篇为韦作，非也。词哀感顽艳，为人人所习读，不具录。

春庸对芳洲，珠帘新上钩。烧香知夜漏，刻烛验更筹。

天禽下北阁，织女入西楼。月皎疑非夜，林疏似更秋。

水光悬荡壁，山翠下添流。讵假西园宴，无劳飞盖游。

（庾肩吾《奉和春夜应令》）

妾家五湖口，采菱五湖侧。玉面不关妆，双眉本翠色。

日斜天欲暮，风生浪未息。宛在水中央，空作两相忆。

（曹昶《采菱》）

　　轻鬓学浮云，双蛾拟初月。水澄正落钗，萍开理垂发。

（范静妻《映水曲》）

　　昔年无偶去，今春犹独归。故人恩义重，不忍复双飞。

（卫敬瑜妻《孤燕诗》）

　　昭明太子集文臣撰《文选》，简文帝敕徐陵撰《玉台新咏》，搜罗宏富，为梁一代文人之巨制，文学家编纂总集，此其始也。同时刘勰撰《文心雕龙》，钟嵘撰《诗评》，议论精审，评得其当，并为后世批评文学之宗，由是知我国文人对于学术之研求，至有梁始知有所谓选择与批评也。勰字彦和，东莞莒人，早孤，家贫不能婚娶，依沙门僧祐，与之居处十余年，博通经论，昭明太子深爱接之，撰《文心雕龙》五十篇，书成，欲取定于沈约，约时贵盛，无由自达，乃负其书，候约出干车前，约命取读，大重之。谓："深得文理，应陈之几案。"名由是显。《文心雕龙》者，后学之津梁也。嵘字仲伟，颍川长社人，齐永明中为国子生，至梁为晋安王记室，品评古今五言诗，次其优劣，分上中下三品，名曰《诗评》，其中评语，多得其当，惟所云某出于某者，皆凭理想，穿凿不可言。魏文帝丕尝集刘桢、徐干诸子之文，又评次而为《典论》，已为编纂总集批评文学之先声，唯其范围太狭，且惜其缺乏统系与条理也。

第十三章　齐梁陈诗风绮靡
与六朝诗体之蜕化（下）

　　陈诗仍掇拾梁人馀韵——徐陵——阴铿——江总以次之作者
——三朝诗体蜕化之迹可按而得

　　自晋迄陈，诗变者数，孙许扇以玄言，陶潜革以田野，灵运畅以山水，简文变以宫体。陈享国仅二十余年，未暇谈风论雅，一代文学，不过掇拾有梁馀韵耳。诗之作者，仍甚靡靡，徐陵、江总、阴铿、张正见，并称大家，而陵以两代词臣，承宫体流化，享名尤盛。后主荒淫，务为新艳，制《玉树后庭花》《临春乐》诸曲，以美其张、孔二贵妃。又命宫人袁大舍为女学士，日使诸贵嫔及女学士与诸狎客，共赋新诗，狎客多为文臣，江总、孔范均其选也。文人至此，风雅荡然矣。

　　徐陵字孝穆，东海郯人，父摛，梁戎照将军，简文为太子时，与父并在东宫，梁亡，遂仕于陈，累迁散骑常侍。陵在陈为一代文宗，军檄诏策，多出其手，其诗轻艳，简文之流化也。迭经丧乱，存者仅四十余篇。

　　　关山三五夜，客子忆秦川。思妇高楼上，当窗应未眠。

星旗映疏勒，云阵上祁连，战气今如此，从军复几年。

（徐陵《关山月》）

阴铿字子坚，武威姑臧人，博涉史传，尤善五言诗，初为梁湘东王法曹行参军，入陈累迁至散骑常侍。诗才清绮，造语益工，杜少陵所谓"颇学阴何苦用心"。阴即阴铿，何乃何逊也。

依然临送渚，长望倚河津。鼓声随听绝，帆势与云邻。
泊处空余鸟，离亭已散人。寒林正下叶，钓晚欲收纶。
如何相背远，江汉与城闉。

（阴铿《江津送刘光禄不及》）

江总字总持，济阳考城人，梁武帝时已知名，官尚书仆射，至陈官尚书，为后主所爱幸，日与帝及所谓贵嫔女学士者相唱和。其诗长于五七言，极称浮艳，为时人所竞传。宫体浸淫，变而为俗，正指此一辈人物也。

寂寂青楼大道边，纷纷白雪绮窗前。池上鸳鸯不独自，帐中苏合还空然。屏风有意障明月，灯火无情照独眠。辽西水冻春应少，蓟北鸿来路几千。愿君关山及早度，照妾桃李片时妍。

（江总《闺怨篇》）

张正见字见颐，清河东武城人，梁简文为太子时，正见年十三献颂，简文极赞赏之，至陈，官至散骑常侍。正见诗，益严密，已有通首成律者。

征途愁转旆，连骑惨停镳。朔气凌疏木，江风送上潮。

青雀离帆远，朱鸢别路遥。唯有当秋月，夜夜上河桥。

（张正见《秋日别庾正员》）

此外如何胥、周弘让辈，亦均能诗，唯可传者殊寥寥，世变多故，文人凋落，零香碎瓣，亦可宝也。

出关登陇坂，回首望秦川。绛水通西晋，机桥指北燕。

奔流下激石，古木上参天。莺啼落春后，雁度在秋前。

平生屡此别，肠断自催年。　　（何胥《被使出关》）

综观齐、梁、陈三代之诗，有于古体中见律句者，有于律体中故作一二古句者，有全首为律体者，脱化之迹，可按而得。自陈迄隋，行将见步步脱其躯壳，而一试露其崭然之新面目，文学递嬗，岂偶然哉。

第十四章 北魏北齐北周诗学之不竞

北朝诗风远逊南朝——北魏——温邢——北齐——颜之推
——北周——庾王——北朝歌诗

北朝定鼎沙朔，文风远逊于南朝，学士大夫，固亦慕乎风雅，倾乎艳藻，然学者如牛毛，成者如麟角，一代风华，未可以意构也。以论夫诗，魏之温子升，齐之邢邵、颜之推，俱有诗传，温、邢与魏收，时号三才，盖匪但能诗，文章辞赋，亦一时之选也。庾信、王褒，并仕于梁，入周以后，名振河朔，宫体馀化，蔚为一代大宗，南朝遗彦，北朝之明星也。魏享国百五十年，齐不及三十，周二十五，三代迭兴，亘二百载，以论风流，如斯而已。

温子升字鹏举，晋大将军峤之后也，世居江左，祖恭之避难归魏。子升初学于崔灵恩、刘阑，常景许其为大才士。熙平初，博诏词人，充御史。济阴王晖业云："江左文人，宋有颜延之、谢灵运，梁有沈约、任昉，我子升足以凌颜轹谢，含任吐沈。"庾信自南至北，唯爱子升《寒山封碑》，尝云："惟有寒山一片石，堪共语耳。"文章之外，亦能诗。

长安城中秋夜长，佳人铸石捣流黄。香杵纹砧知近远，传声

递响何凄凉。七夕长河烂，中秋明月光。蟋蟀塞边逢候雁，鸳鸯
楼上望天狼。

（温子升《捣衣》）

邢邵字子才，河间鄚人，少在洛阳以山水游宴为娱，尝霖雨读《汉
书》，五日略遍。年二十，名动衣冠，历仕魏齐，后为兖州刺史，有政
声，与温子升并称温邢，亦能诗。

绮罗日减带，桃李无颜色。思君君未归，归来岂相识。

（邢邵《思公子》）

颜之推字子介，琅琊临沂人，自梁入齐，河清末，举为赵州功曹参
军，寻待诏文林馆，为祖珽所重，累迁至中书舍人，齐亡入周，大象末，
为御史上士，隋开皇中太子召为学士，以疾终，著《家训》二十篇，有诗
传世。

侠客重艰辛，夜出小平津。马色迷关吏，鸡鸣起戍人。
露华鲜剑采，月照宝刀新。问我将何去，北海就孙宾。

（颜之推《从周入齐夜度砥柱》）

庾信字子山，南阳新野人，父肩吾梁散骑常侍中书令，肩吾在东宫
时，东海徐摛为左卫率，摛子陵及信并为抄撰学士，二子辞采艳发，名高
一时，每一文出，争相传诵，称徐庾体。台城陷后，信奔江陵，元帝时，
奉使于周，遂留长安。陈、周通好，留寓之士，许还旧国，唯信及王褒不
遣，乃作《哀江南赋》以寓感。子山诗清新绮艳，名句独多，以比何水部
似又过之，梁、陈间之冠冕也。

春水望桃花，春洲藉芳杜。琴从绿珠借，酒就文君取。

牵马向渭桥，日暮山头晡。山简接䍦倒，王戎如意舞。

筝鸣金谷园，笛韵平阳坞。人生一百年，欢笑惟三五。

何处觅钱刀，求为洛阳贾。

（庾信《对酒歌》）

萧条亭障远，凄怆风尘多。关门临白荻，城影入黄河。

秋风别苏武，寒水送荆轲。谁言气盖世，晨起帐中歌。

（庾信《拟咏怀》之一）

王褒字子渊，琅琊临沂人，祖骞父规，并仕于梁，周师征江陵，元帝授褒都督城西军事，军败，从元帝出降。褒与庾信，并蒙礼遇，谈诗论赋，常侍左右，后除宣州刺史。诗尚绮艳，庾信之亚也。

秋风吹木叶，还似洞庭波。常山临代郡，亭障绕黄河。

心悲异方乐，肠断陇头歌。薄暮临征马，失道北山河。

（王褒《渡河北》）

此外如魏之常景，齐之祖珽、萧悫等，均有诗传，然迄少佳者，惟萧悫以"芙蓉露下落，杨柳月中疏"句，为颜之推所极称，誉之所博，遐迩传诵，非仅幸运，亦见其难能而可贵也。

发轫城西时，回舆事北游。寒山石道冻，叶下故宫秋。

朔路传清警，边风卷画旒。岁余巡省毕，拥仗返皇州。

（萧悫《上之回》）

北朝歌谣，亦有佳者。梁书杨华少有勇力，容貌雄伟，**魏太后逼之**，华惧祸，乃率其部曲降梁。太后思之，为作《杨白花》歌，使宫人连臂蹋足歌之。《北史》魏咸王禧谋逆伏诛后，宫人为之歌，其歌流于江表，北人在南者，弦管奏之，莫不泣下。二歌声调缠绵，情节凄婉，使人读之，酸楚欲绝，一时作品，几无出其右者，岂寒香冷艳，愈足动人邻爱耶。

> 阳春二三月，杨柳齐作花。春风一夜入闺闼，杨花飘荡落南家。含情出户脚无力，拾得杨花泪沾臆。春去秋来双燕子，愿衔杨花入窠里。

（《杨白花歌》）

> 可怜咸阳王，奈何作事误。金床玉几不能眠，夜踏霜与露。洛水湛湛弥岸长，行人那得渡。

（《咸阳王歌》）

综观三朝作家，庾信、王褒为大，二子固南朝之奇秀也，文风不竟，于斯可睹。史称江左宫商发越，宜于歌咏，河朔词义刚贞，便于时用，信夫。

第十五章　隋诗余光反射
为六朝诗学之终局

隋诗之复古运动——杨素——薛道衡——虞世基以次之作者
——声律日密浸淫以入于唐

梁、陈以降，诗风日替，词尚轻巧，语多哀思，以云绮靡，于斯极矣。隋文承运，声言复古，诏令频颁，文体几变，惟振拔未久，仍蹈侧丽，虽曰人为，亦六朝之诗势尽也。《隋书·文苑传》曰："隋皇初统万机，每念斲雕为朴，发号施令，咸去浮华，然时俗辞藻，犹多淫丽，故宪台执法，屡飞霜简。"李谔《上文帝书》云："自魏三祖，更尚文辞，忽人君之大道，好雕虫之小艺，下之从上，有同影响，竞骋文华，遂成风俗。江左齐梁，其弊弥甚，贵贱贤愚，惟矜吟咏，遂复遗理存异，寻虚逐微，竞一韵之奇，争一字之巧，连篇累牍，不出月露之形，积案盈箱，唯是风云之状，世俗以此相高，朝廷据兹取士，禄利之路既开，爱尚之情愈笃，于是闾里童昏，贵游总卯，未窥六甲，先制五言。……及大隋受命，圣道聿兴，屏黜浮词，遏止华伪，自非怀经抱质，志道依仁，不得引领搢绅，参厕缨冕。开皇四年，普诏天下，公私文翰，并宜实录，其年九月，泗州刺史司马幼之文表华艳，付有司推罪，自是公卿大臣，咸知正道，莫不仰钻坟素，弃绝华绮。"当时之规复古雅，屏斥侧丽，其严厉可知也。炀帝初习艺文，有非轻侧之论，暨乎既位，一变其风，诏书诗赋，并存雅体，虽意在骄淫，而词无浮荡，故当时缀文之士，遂得依而取正。若卢思道、薛道衡、虞世基、柳䛒、孙万寿、王胄之徒，均能驰誉文林，以风骨相高尚，河洛之英，江左之彦，翩然并集，称盛一时，淫丽之辞固少，而骈丽藻饰，犹有齐梁之遗音焉。迨后炀帝骄淫，流连声伎，所为《清夜游》《泛龙舟》诸曲，以视《东都受朝诗》《饮马长城窟》诸篇，如出两人之手，以致当时文人，复好淫丽，新声竞作，而雅制终废矣。

杨素字道处，慬族子，少落拓有大志，周武谓之曰："善自勉，勿忧不富贵。"素应声曰："臣但邀富贵求偪臣，臣无心图富贵。"及仕隋，位极人臣。有赠薛播州七百字诗，清远有风骨。薛得诗曰："人之将死，其言也善，若是乎。"未几而卒。素以武夫能诗，而名句似出高人，亦奇才也。

居山四望阻，风云竟朝夕。深溪横古树，空岩卧幽石。
日出远岫明，鸟散空林寂。兰庭动幽气，竹室生虚白。
落花入户飞，细草当阶积。桂酒徒盈樽，故人不在席。
日落山之幽，临风望羽客。

（杨素《山斋独坐赠薛内史》二之一）

薛道衡字元卿，河东汾阴人，在齐与范阳、卢思道、安平、李德林齐名，陈使傅缚聘齐，以道衡兼主客郎接对之，缚赠诗五百，均道衡和之，南北称美。魏收曰："傅缚所谓以蚓投鱼耳。"历仕周、隋，声名藉甚，与杨素最善，炀帝即位，官至司隶大夫，得罪缢死，时年七十。有"空梁落燕泥"句，为时所称。炀帝好文，不欲人出其右，闻道衡死曰："更能作空梁落燕泥否。"道衡诗才清美，一时之选也。

垂柳覆金堤，蘼芜叶复齐。水溢芙蓉沼，花飞桃李蹊。

采桑秦氏女，织锦窦家妻。关山别荡子，风月守空闺。

恒敛千金笑，长垂双玉啼。盘龙随镜隐，彩凤逐帷低。

飞魂同夜雀，倦寝忆晨鸡。暗牖悬蛛网，空梁落雁泥。

前年过代北，今岁往辽西。一去无消息，那能惜马蹄。

（薛道衡《昔昔盐》）

虞世基字茂世，会稽余姚人，荔之子也，徐陵见之，以为今之潘、陆，仕陈至尚书左丞，入隋为通直郎内史，佣书养亲，尝为五言诗以见志。炀帝即位，顾过弥隆，河东柳顾言，博有才学，罕所推许，至与世基相见，叹曰："海内当共推此人，非吾侪所及也。"诗饶风骨，有奇气。

陇云低不散，黄河咽复流。关山多道里，相接几重愁。

（虞世基《入关》）

孙万寿字仙期，信都武强人，幼娴经史，李德林见而奇之。文帝受禅，滕穆王引为学士，坐衣服不整，配防江南，行军总管宇文述召典军书，万寿以书生从军，郁郁不得志，乃为五言诗寄京邑知友，诗凡四百余字，为世所称。

乡关不再见，怅望穷此晨。山烟蔽钟阜，水雾隐江津。

洲渚敛寒色，杜若变芳春。无复归飞羽，空悲沙塞尘。

（孙万寿《早发扬州还望乡邑》）

王胄字承基，琅琊临沂人，筠孙，仕陈起家鄱阳王法曹参军，陈亡，晋王炀引为学士。大业初，为著作佐郎，与虞绰齐名以文辞为炀帝所重。帝尝自东都还京师，赐天下大酺，因为五言诗，召胄和之，帝览诗谓侍臣曰："气致高远，归之于胄，词清体润，其在世基，意密理新，推庾自直，过此未可以言诗也。"及闻其死曰："庭草无人随意绿，更能作此语耶。""庭草无人随意绿"，乃胄名句，为当时所传诵者也。

> 五里徘徊鹤，三声断绝猿。何言俱失路，相对泣离樽。
> 别路凄无已，当歌寂不喧。贫交欲有赠，掩涕竟无言。
>
> （王胄《别周记室》）

当时诸家，虽极力谋复古雅，然均不能脱徐、庾馀习，此外作者甚众，其体愈近，可知诗学衍进之势，绝非一二人力所能阻止也。

> 游人杜陵北，送客汉川东。无论去与住，俱是一飘蓬。
> 秋鬓含霜白，衰颜倚酒红。别有相思处，啼鸟杂晚风。
>
> （尹式《别宋常侍》）
>
> 早秋惊落叶，飘零似客心。翻飞未肯下，犹言惜故林。
>
> （孔绍安《落叶》）
>
> 隔巷遥停幰，非复为来迟。只言更尚浅，未是渡河时。
>
> （陈子良《七夕看新妇隔巷停车》）
>
> 杨柳青青著地垂，杨花漫漫搅天飞。柳条折尽花飞尽，借问行人归不归。
>
> （无名氏《送别》）

声病之说，始于沈约，隋陆法言等造《切韵》，而后体律乃大备。初隋诸家，均尚风骨，至其小诗，则可列之初唐名家中，盖声律日密，浸淫入唐矣。

中　卷

第一章　初唐诗体与沈宋（上）

唐诗之极盛——初唐诗体犹未脱齐梁馀习——魏王诸人首开草昧之风——初唐四杰——四杰五言为律家正始

有唐一代文学，最盛者莫如诗，作者既众，体亦美备，自帝王卿士以至妇女方外，凡稍具有文学天才者，莫不能含风吐雅，曲解讴吟。宋计有功撰《唐诗纪事》，所录凡千五百余家，在当时已惊其搜罗奇富，迨清康熙朝，敕编《全唐诗》，采集竟多至二千二百余家，以视计作，超出将及千家，懿欤盛矣。历来论唐诗者，皆区为初、盛、中、晚四期：自高祖武德以后百年间为初唐，玄宗开元以后五十年间为盛唐，代宗大历以后八十年间为中唐，宣宗大中以后迄唐亡为晚唐。诗体衍进，自有其一定之势，本无所谓初、盛、中、晚，唯有唐一代，享国较久，作者亦特众，综合而论，似嫌冗杂，故不得不仍沿袭其旧称，仅为时代之断别，以便易于论次，至其一代诗风之来踪去迹，亦可于此中窥得之矣。

唐始承业，文风未振，谈风论雅，多陈、隋旧人，故轻词丽语，犹存袅袅之音。太宗为太子时，即雅好文学，开文学馆以延天下士，所称十八学士者，皆此辈中人也。即位之后，殿左置弘文馆，悉引学士番宿更休，听政之暇，驰情文咏，一代风流，实启其端。唯性好绮艳，喜拾齐、梁糟粕，宫体馀习，其流愈靡，帝王之于诗，可谓有同好焉。当时能诗者，有魏徵、陈叔达、王珪、虞世南、许敬宗、蔡允恭、薛收、褚亮……诸人，多以旧朝之词臣，作新朝之奇彦，递嬗之际，自应有此一辈人点缀于其间。至若李百药、长孙无忌词旨侧丽，犹传宫体之遗，王绩字句挺秀，又四杰之先导也。武后临制，犹爱文艺，撰书选士，济济多才，游宴侍从，赋诗应制，皆能望颜承色，邀女后欢喜，崔融、薛稷、阎朝隐、苏味道、李峤、张说、刘允济、徐彦伯、崔湜、杜审言、宋之问、沈佺期……均其伦也。上官婉儿以天赋之资，绳其祖武，驰骋词林，莫能与并。其祖仪尝为六封之论，诗亦绮错，至婉儿又益之以婉丽，故世称上官体。沈、宋承之，又加靡丽，回忌声病，约句准篇，学者宗之，又称沈宋。以时代论，四杰之作，固可代表初唐，以诗体论，则唐律之大成美备，皆上官沈宋之功也。唯陈子昂发奋自为，立追古昔，《感遇》诸篇，风骨卓绝。张九龄继之，愈加秀拔。王渔洋曰："唐五古诗凡数变，自陈拾遗夺魏晋之风骨，变梁陈之俳优，而张曲江实为之继也。"景龙（中宗）中，上官昭仪以及武后时诸学士，犹备侍从，文宴赋诗，不灭襄昔，惟君臣唱和，率多应制之作，脂迹香痕，不胜述也。此后以入盛唐。

魏徵字玄成，魏州曲城人，少孤落魄，太宗时，拜谏议大夫，性直，每犯颜进谏，贞观初，诏颜师古、孔颖达修《隋史》，徵总其事。太宗好文，雅慕绮艳，一时和者甚众，惟徵《述怀》，犹有古意，所谓王、魏诸人，首开草昧之风，魏即徵，王乃王绩也。

中原初逐鹿，投笔事戎轩。纵横计不就，慷慨志犹存。
策杖谒天子，驱马出关门。请缨系南粤，凭轼下东藩。
郁纡陟高岫，出没望平原。古木鸣寒鸟，空山啼夜猿。
既伤千里目，还惊九折魂。岂不惮艰险，深怀国士恩。
季布无二诺，侯嬴重一言。人生感意气，功名谁复论。

（魏徵《述怀》）

虞世南字伯施，越水余姚人，荔子，与兄世基同受业于吴顾野王，世基文过世南，而瞻博不及。太宗好为宫体，使世南和之。谏曰："圣作虽工，体非雅制，上之所好，下必随之，此文一行，恐致风靡，而今而后，请不奉诏。"但其篇什，仍沿声律，亦积习使然耳。及卒，太宗为诗一篇，已而叹曰："钟子期死，伯牙不复鼓琴，朕此诗将何以示。"令起居郎褚遂良诣其帐焚之。有集三十卷，诏褚亮为之序。

　　　寒闺织素锦，含怨敛双蛾。综新交缕涩，经脆断丝多。
　　　衣香逐袖举，钏动应鸣梭。还恐裁缝罢，无信达交河。

　　　　　　　　　　　　　　　　　　（虞世南《中妇织流黄》）

李百药字重规，定州安平人，隋内史令德林子也。七岁时，客有谈徐、庾文者云："既收成周之禾，将刈琅琊之稻。"众皆不肖。百药进曰："《春秋》鄅子藉稻，杜预注云，鄅在琅琊开阳县。"客皆大惊。贞观中，授太子右庶子。其诗绮丽。犹存宫体之遗。上官以后，遂为沈宋，然其风亦稍稍变矣。

　　　少年飞翠盖，上路勒金镳。始酌文君酒，新吹弄玉箫。
　　　少年不欢乐，何以尽芳朝。千金笑里面，一搦掌中腰。
　　　挂缨岂惮宿，落珥不胜娇。寄与少年子，无辞归路遥。

　　　　　　　　　　　　　　　　　　（李百药《少年行》）

王绩字无功，绛州龙门人，兄通，隋大儒，大业中，绩受秘书正字，后求为六合丞，以嗜酒被劾，归田读书，自号东皋子。武德初，以前官待诏门下省，给酒日三升，或问待诏何乐。答云："良醖可恋耳。"陈叔达闻之，日给酒一斗，时称斗酒学士。绩诗已别具新模，五古迥异陈、隋，每篇之中，时有秀句，四杰之先导也。

> 松生北岩下，由来人径绝。布叶梢云烟，插根拥岩穴，
> 自言生得地，独负凌云洁。何时畏斤斧，几度经霜雪。
> 风惊西北枝，雹陨东南节。不知岁月久，稍觉枝干折。
> 藤萝上下碎，枝干纵横裂。行当糜烂尽，坐共灰尘灭。
> 宁关匠石顾，岂为王孙折。盛衰自有时，圣贤未尝屑。
> 寄言悠悠者，无为嗟大耋。
>
> （王绩《古意》）

> 北场芸藿罢，东皋刈黍归。相逢秋月满，更值夜萤飞。
>
> （王绩《秋夜喜逢王处士》）

王勃字子字，绛州龙门人，九岁得颜师古注《汉书》读之，作指瑕以择其失。沛王闻其贤，召署府修撰，时诸王斗难，勃戏作檄文，高宗见而怒之曰："此乃交构之渐。"斥出，客剑南。九月九日，都督阎伯屿大会客于滕王阁，勃时道过南昌，年少厕坐末，阎宿命其婿吴子章作《滕王阁序》以夸客，出纸遍请，无敢当者，勃受而不辞，阎遣吏伺其文即报之，至"落霞与孤鹜齐飞，秋水共长天一色。"阎乃矍然曰："天才也。"与杨炯、卢照邻、骆宾王齐名，时称四杰。四杰诗才清丽，一振徐、庾绮靡之风，一篇之中，秀句迭出，如幽花艳草杂掇棘莽间，奇趣横生，愈使人读而生爱，自是初唐特色。四杰歌行如王之《采莲曲》，卢之《长安古意》，骆之《帝京篇》，皆缀锦贯珠，初唐之冠冕也。有《王子安集》。

> 侵星违旅馆，乘月戒征俦。复嶂迷晴色，虚岩辨暗流。

猿吟山漏晓，萤散野风秋。故人渺何际，乡关云雾浮。

　　　　　　　　　　　　　　　（王勃《焦山早行和陆四》）

江旷春潮白，山长晓岫青。他乡临眺极，花柳映边亭。

　　　　　　　　　　　　　　　　　　（王勃《早春野望》）

　　杨炯华阴人，年十一，举神童，授校书郎为崇文馆学士，武后时，左转梓州司法参军，迁婺州盈川令，卒于官。尝闻人以四杰称，乃自言曰："吾愧在卢前，耻居王后。"其诗才实不及勃也。有《盈川集》。

贱妾留南楚，征夫向北燕。三秋方一日，少别比千年。
不掩嚬红缕，无论数绿钱。相思明月夜，迢递白云天。

　　　　　　　　　　　　　　　　　　　（杨炯《有所思》）

敞朗东方彻，阑干北斗斜。地气俄成雾，天云渐作霞。
河流才变马，岩路不容车。阡陌经三岁，间阎对五家。
露文沾细草，风影转高花。日月从来惜，关山犹自赊。

　　　　　　　　　　　　　　　　　　　　（杨炯《早行》）

　　卢照邻字升之，范阳人，十岁从曹宪王义方授苍雅，调邓王府典签，王爱其才，调新都尉，染风疾去官，居太白山。旋客东龙门山，疾甚足挛，一手又废，乃去阳翟具茨山下，买园数十亩，疏颍水周舍，复豫为墓，偃卧其中，后不堪其苦，与亲属诀，自投颍水死，年四十。有《幽忧子集》。

　　岁将暮兮欢不再，时已晚兮忧来多。东郊绝此麒麟笔，西山秘此凤凰柯。死去死去今如此，生兮生兮奈汝何。

岁去忧来兮东流水，地久天长兮人共死。明镜羞窥兮向十年，骏马停驱兮几千里。麟兮凤兮，自古吞恨无已。

茨山有薇兮颖水有漪，夷为柏兮秋有实，叔为柳兮春向飞。倏尔而笑，泛沧浪兮不归。

（卢照邻《释疾文歌》）

骆宾王义乌人，初为道王府属，历武功主簿，调长安主簿。善为五言诗，所作《帝京篇》，当时以为绝唱。武后时，数上疏言事，下除临海丞，郁郁不得志，弃官去。徐敬业举兵，署宾王为府属，为敬业传檄天下，后读其檄，初但微笑，至"一抔之土未干，六尺之孤何托"。矍然曰："谁为之。"或以宾王对。后曰："宰相安得失此人。"敬业败，宾王亡命，不知所之。中宗时，诏求其文，得数百篇，有《骆丞集》。

归怀剩不安，促榜犯风澜。落宿含楼近，浮月带江寒。
喜逐行前至，忧从望里宽。今夜南枝鹊，应无绕树难。

（骆宾王《乡望夕泛》）

城上威风冷，江中水气寒。戎衣何日定，歌舞入长安。

（骆宾王《在军登城楼》）

四杰虽力振绮靡，而词旨华丽，仍未脱尽陈、隋馀习，惟骨气翩翩，意象老境，超然胜之，五言遂为律家正始，与盛唐诸家，在诗学史上，各据有其特殊地位焉。

第二章　初唐诗体与沈宋（中）

上官体之风靡——珠英学士与沈宋——刘希夷——五言至沈宋始可称律

武后奖进文学，引拔极众，始以北门诸学士，纂集群书，临制后，又有三教珠英之选，预修者，有员半千、崔湜、张说、李峤、徐坚、徐彦伯、阎朝隐、富嘉谟、刘知几、刘允济、宋之问、沈佺期、李适、王无竞、尹元凯、乔备……诸人，集所赋诗，各顾爵里，以官班为次，而崔融为之序，惟《珠英学士集》已佚，不可考也。当时文人，以沈宋为杰出，每以丽词，邀女后欢喜，上官婉儿又为之染翰着色，朝野争羡，故一时化之。其诗绮错，法严韵稳，视四杰为少进，唐律之成功也。

上官仪字游韶，陕州人，贞观初，擢进士，召授弘文馆学士，迁秘书郎。高宗即位，为秘书少监，麟德元年，坐梁王忠事下狱死。仪工对，尝为六对之说：一曰正名对，天地日月是也。二曰同类对，花草叶芽是也。三曰连珠对，萧萧赫赫是也。四曰双声对，黄槐绿柳是也。五曰叠韵对，彷徨放旷是也。六曰双拟对，春树秋池是也。又为八对之说：一曰的名对，送酒东南去，迎琴西北来是也。二曰异类对，风织池间树，虫穿草上文是也。三曰双声对，秋霞香佳菊，春风馥丽兰是也。四曰叠韵对，放荡千般意，迁延一介心是也。五曰联绵对，残河若带，初月如眉是也。六曰双拟对，议月眉期月，论花颊胜花是也。七曰回文对。情新因意得，意得逐情新是也。八曰隔句对，相思复相忆，夜夜泪沾衣，空叹复空泣，朝朝君未归是也。自仪六对之说出，而诗律益严整，故世称上官体。仪尝凌晨入朝，循洛水步月，徐辔咏诗，诗词侧丽，为时所称。有集三十卷，今佚。

> 脉脉大川流，驱车历长洲。鹊飞山月曙，蝉噪野云秋。
>
> （上官仪《入朝洛堤步月》）

上官婉儿，仪之孙也，性韶警，善文章，年十四，武后召见，有所制作，若素构，尝忤旨当诛，后惜其才，止黥而不杀也。沈宋诸人应制之作，多经婉儿评定。中宗即位，进拜昭容，劝帝侈大书馆，赠学士员，引大臣名儒充选，赐宴赋诗，君臣赓和。婉儿尝代帝及后、长乐、安宁二主，众篇并作，采丽益新。又次第群臣所赋诗，赐金爵，一时相慕，靡然成风。婉儿诗丽而能秀，且多逸致，无一毫人间烟火气，亦奇才也。

> 霁晓气清和，披襟赏薜萝。玳瑁凝春色，琉璃漾水波。
> 跂石聊长啸，攀松乍短歌。除非物外者，谁就此经过。
> 暂尔游山第，淹流惜未归。霞窗明月满，涧户白云飞。
> 书引藤为架，人将薜作衣。此真攀玩所，临睨赏光辉。
>
> （上官婉儿《游长宁公主流杯池》之二）

杜审言字必简，襄阳人，擢进士为隰城尉，恃才傲世，尝语人曰："吾文章当得屈宋为衙官，吾笔当得王羲之北面。"其矜诞类此。苏味道为天官侍郎，审言集判，出语人曰："味道必死。"人惊问故，答曰："彼见吾判且羞死。"《艺苑卮言》曰："审言华藻整饬，小让沈宋，而气度高逸，神情圆畅，自是中兴之祖。"《春日江津游望》诗，有"烟销垂柳弱，雾倦落花轻"句，为时所称。与崔融、李峤、苏味道并称文章四友，崔等亦能诗。

> 独有宦游人，偏惊物候新。云霞出海曙，梅柳渡江春。
> 淑气催黄鸟，晴光转绿苹。忽闻歌古调，归思泪沾巾。
>
> （杜审言《和晋陵丞早春游望》）

李峤字巨山，赵州赞皇人，少有才思，时畿尉能文词者，有骆宾王、刘光业，峤最少与齐名。武后时，汜水获瑞石，峤为御史，上《皇符》一篇，为世所讥。后罢除刺史。峤初与王勃、杨炯接，中与崔融、苏味道齐名，晚诸人殁而为文章宿老。玄宗尝读其《汾阴行》叹曰："真才子也。"与苏味道又称苏李。

> 岐路方为客，芳樽暂解颜。人随转蓬去，春伴落梅还。
> 白云渡汾水，黄河绕晋关。离心不可问，宿昔鬓成斑。
>
> （李峤《送别》）

刘希夷一名庭芝，少有文华，善琵琶，好为宫体，尝作《白头吟》诗有句云："今年花落颜色改，明年花开复谁在。"既而悔曰："我此诗谶与石崇白首同所归何异。"乃更作一联云："年年岁岁花相似，岁岁年年人不同。"既而又叹曰："此句复仍似向谶矣，然死生有命，岂复由此。"即两存之。诗成未周岁，为奸人所杀。或曰，"宋之问害之。"或曰："之问希夷甥。"或曰："之问害希夷，以《洛阳篇》为己作，至今犹载此篇于之问集中。"按此篇在之问集中名《有所思》，刘宾客《佳话录》云："之问以土囊压杀希夷，而夺其句。"《临汉隐居诗话》则又辨其妄。孙翌撰《正声集》，以希夷为集中之冠，由是大为人所称。《代悲白头吟》《公子行》两篇，情词恻丽，声调凄婉，与张若虚《春江花月夜》并为一时名制，梁《西洲曲》之遗也。

> 洛阳城东桃李花，飞来飞去落谁家。洛阳女儿好颜色，坐见落花长叹息。今年花落颜色改，明年花开复谁在。已见松柏摧为薪，更闻桑田变成海。古人无复洛城东，今人还对落花风。年年岁岁花相似，岁岁年年人不同。寄言全盛红颜子，须怜半死白头翁。此翁白头真可怜，伊昔红颜美少年。公子王孙芳树下，清歌妙舞落花前。光禄池台交锦绣，将军楼阁画神仙。一朝卧病无相识，三春行乐在谁边。婉转蛾眉能几时，须臾鹤发乱如丝。但看古来歌舞地，唯有黄昏鸟雀飞。

（刘希夷《代悲白头吟》）

宋之问字延清，汾州人，少有才名，武后召与杨炯分直习艺馆。后常幸落苑，诏群臣赋诗，东方虬先就，赐以锦袍。及得之问诗，更夺锦袍赐之。中宗春日幸集昆明，命侍臣应制，属上官昭容选第一者。昭容从楼上落纸如飞，惟宋、沈二诗不下，移时落一纸，乃沈诗也。评云："二诗工力悉敌，宋末句不愁明月尽。更有夜珠来，较伫期为更胜耳。"二子均媚事张易之，睿宗时，坐赐死。五言至沈、宋，始可称律，盖虚实平仄，均不得任惰也。七言律在当时，已开其端，宋之七律，多未成体，沈则间有佳者。所谓裁成六律，彰施五采，使言之而中伦，歌之而成声，沈、宋之功也。有《灵隐寺诗》，为时所称。或称：之问尝游灵隐寺，月夜行吟，见一老僧，问曰："何不寐。"之问曰："偶欲题此寺，诗思未属。"僧请吟上联。即曰："何不云，楼观沧海日，门对浙江潮。"之问愕然。有知者曰，宾王也。至今此诗犹载宾王诗集中。按宾王集中，尚有《江南送之问》，《兖州钱之问》诸诗，二人旧知，讵能不识，姑并志之。

妾住越城南，离居不自堪。采花惊曙鸟，摘叶喂春蚕。
懒结茱萸带，愁安玳瑁簪。待君消瘦尽，日暮碧江潭。

（宋之问《江南曲》）

鹫岭郁岧峣，龙官锁寂寥。楼观沧海日，门对浙江潮。
桂子月中落，天香云外飘。扪萝登塔远，刳木取泉遥。
霜薄花更发，冰轻叶未凋。夙龄尚遐异，搜对涤烦嚣。
待入天台路，看余渡石桥。

（宋之问《灵隐寺》）

沈佺期字云卿，相州人，武后时，为修文馆学士。尝对后曰："身名已蒙齿录，袍笏未赐牙绯。"后即赐之。开元初，始卒，故其七律有可置之盛唐者，以视之问，又稍进之。时称沈宋比肩。

闻道黄龙戍，频年不解兵。可怜闺里月，长在汉家营。
少妇今春意，良久昨夜情，能谁将旗鼓，一为取龙城。

（沈佺期《杂诗》之一）

卢家少妇郁金堂，海燕双栖玳瑁梁。九月寒砧摧木叶，十年征戍忆辽阳。白狼河北音书断，丹凤城南秋夜长。谁谓含愁独不见，更教明月照流黄。

（沈佺期《古意》）

韦成庆字延休，思谦子，武后朝，代父为天官侍郎；神龙初，作附张易之流岭表，有集六十卷，今佚。

天晴上初日，春水送孤舟。山远疑无树，潮平似不流。

岸花开且落，江鸟没还浮。羁望伤千里，长歌遣客愁。

（韦承庆《凌朝浮江旅思》）

与沈宋同时媚附易之者，尚有刘允济、阎朝隐……诸人，亦能诗，易之所赋，多朝隐所为，其人均不足道也。

玉关芳信断，兰闺锦字新。愁来好自抑，念切已含嚬。

虚牖风惊梦，空窗月厌人。归期倘可促，勿度柳圆春。

（刘允济《怨情》）

采莲女，采莲舟，春日春江碧水流。莲衣承玉钏，莲刺胃银钩。薄暮敛容歌一曲，氛氲香气满汀洲。

（阎朝隐《采莲曲》）

魏建安后，迄江左，诗律屡变。沈约、庾信，以音韵相婉附，属对精密。及之问、佺期，又加靡丽，约句准篇，如锦绣成，唯其矜恃才华，故时伤浮艳。迨陈子昂、张九龄振之以风骨，诗风一变，而盛唐之体成矣。

第三章　初唐诗体与沈宋（下）

　　沈宋之反动——陈子昂——张九龄——苏张——五七言绝句
之成功

　　陈子昂字伯玉，梓州射洪人，武后朝，登进士，官至右拾遗。唐初文章，犹承徐、庾馀习，至子昂，始变之以正雅，初为《感遇诗》三十八章。王适曰："是必为海内文宗。"子昂《感遇》诸篇，激楚顿挫，出入风雅，律诗更能洗尽沈、宋浮艳之习。诗之有盛唐，子昂之力居多焉。同时卢藏用编次其遗文凡十卷，而为之序，有《陈伯玉集》。

　　　朔风吹海树，萧条边已秋。亭上谁家子，哀哀明月楼。
　　　自言幽燕客，结发事远游。赤丸杀公吏，白刃报私仇。
　　　避仇至海上，被役此边州。故乡三千里，辽水复悠悠。
　　　每念胡兵入，常为汉国羞。何知七十战，白首未封侯。

　　　　　　　　　　　　　　　　　　　　（陈子昂《感遇》之一）

　　　故乡杳无际，日暮且孤征。川原迷旧国，道路入边城。
　　　野戍荒烟断，深山古木平。如何此时恨，噭噭夜猿鸣。

　　　　　　　　　　　　　　　　　　　　（陈子昂《晚次乐乡县》）

张九龄字子寿，韶州曲江人，擢进士，张说极称之曰："后世词人之冠也。"开元初，官左补阙。九龄文章之外，兼工诗赋，其诗古雅中有清致，子昂之继也。有《张曲江集》。

> 兰叶春葳蕤，桂华秋皎洁。欣欣此生意，自尔为佳节。
> 谁知林栖者，闻风坐相悦。草木有本心，何求美人折。
>
> （张九龄《感遇》之一）

> 海上生明月，天涯共此时。情人怨遥夜，竟夕起相思。
> 灭烛怜光满，披衣觉露滋。不堪盈手赠，还寝梦佳期。
>
> （张九龄《望月怀远》）

与子昂、九龄同时以能文章工诗而享盛名者，尚有苏颋、张说。颋字廷硕，雍州人，说字道济，洛阳人，二人均起自武后，显于玄宗，文章功业，震撼当世，所谓燕许大手笔者是也。苏诗在景龙中，已能冠绝侪群，惟多应制之作。张诗谪岳州后，益凄婉，人以为得江山之助也。

> 旅泊青山夜，荒庭白露秋。洞房悬月影，高枕听江流。
> 猿响寒岩树，萤飞古驿楼。他乡对摇落，并觉起离忧。
>
> （张说《深渡驿》）

初唐之末，诸体已臻完备，小诗亦然，如崔国辅之《怨词》，丁仙芝之《江南曲》，即其一例，以视四杰小诗，又是一种韵调，此唐五言绝句之成功也。

妾有罗衣裳，秦王在时作。为舞春风多，秋来不堪著。

（崔国辅《怨词》）

长干斜路北，近浦是儿家。有意来相访，明朝出浣纱。

昨暝逗南陵，风声波浪阻。入浦不逢人，归家谁信汝。

始下芙蓉楼，言发琅琊岸。急为打船开，恶许旁人见。

（丁仙芝《江南曲》）

张旭之《桃花溪》，张潮之《采莲曲》，七言绝句之成功也。

隐隐飞桥隔野烟，石矶西畔问渔船。桃花尽日随流水，洞在清溪何处边。

（张旭《桃花溪》）

朝出沙头日正红，晚来云起半江中。赖逢邻女曾相识，并著莲舟不畏风。

（张潮《采莲曲》）

张九龄、苏颋、张说以及同时诸家作品，本全可置入盛唐诸家中，惟以求其转变之迹，故附述于此，兹以为初唐之殿，盛唐之先导焉。

第四章　盛唐诗学鼎盛
及诗体之大成(上)

　　盛唐诗体之大成美备——王孟高岑——储光羲李颀常建与同时之作者——诗天子王昌龄

　　开元、天宝间，诗人之多，不可以悉数，王维、孟浩然、高适、岑参、储光羲、李颀、常建、王昌龄、王之涣、祖咏、贾至、綦毋潜……诸人，均称大家。而李白、杜甫，犹为一代冠冕，李结古诗之局，杜则律诗之宗也。李杜同时，有沈千运者，与其同调王季友、孟云卿辈，为诗力矫时习，别成一体。元结选《箧中集》，列千运于首，即所谓《箧中集诗》是也。当时诗体，已臻美备，如近体往体长短篇五七言律绝等制，莫不兴于始，成于中，流于变，而陵之于终。各家亦均能任其天才尽量而发挥之，或以清淡飘逸幽深闲远为工，或以新奇秀拔雄浑高古为能，千红万紫，各极其妍，在诗学史上，称极盛焉。

　　王维字摩诘，太原人，工诗善画，迁尚书右丞，嗜佛，有别墅在辋川，风景绝佳，与裴迪游咏其中，丧妻不娶，孤居三十年。天宝末，禄山陷西京，大会凝碧池，梨园子弟，唏嘘泣下。乐工雷海清掷乐器，西向大恸，贼支解于试马殿。维时拘于菩提寺，有诗曰，"万户伤心生野烟，百僚何日更朝天。秋槐落叶深宫里，凝碧池头奏管弦。"后有罪，以此诗获免。其诗尚神韵，犹精五七言律，乐府诸篇，多为梨园所唱。商璠云："维诗词秀调雅，意新理惬，在泉为珠，着壁成绘。"有《王右丞集》。

寒山转苍翠，秋水日潺湲。倚杖柴门外，临风听暮蝉。

渡头余落日，墟里上孤烟。复值接舆醉，狂歌五柳前。

（王维《辋川闲居赠裴秀才迪》）

中岁颇好道，晚家南山陲。兴来每独往，胜事空自知。

行到水穷处，坐看云起时。偶然值邻叟，谈笑无还期。

（王维《终南别业》）

孟浩然，襄阳人，隐鹿门山，年四十，乃游京师，张九龄、王维雅称道之。维私邀内署，遇玄宗，令诵诗，至"不才明主弃"句，帝曰，"卿不求仕，而朕未尝弃卿，奈何诬我。"因放归。其诗五言极工，名篇秀句，触目皆是，与王维并称王孟。王渔洋倡神韵，尊王而抑孟，以孟为近俗，非中论也。有《孟襄阳集》。

木落雁南渡，北风江上寒。我家襄水曲，遥隔楚云端。

乡泪客中尽，孤帆天际看。迷津欲有问，平海夕漫漫。

（孟浩然《江上有怀》）

人事有代谢，往来成古今。江山留胜迹，我辈复登临。

水落鱼梁浅，天寒梦泽深。羊公碑尚在，读罢泪沾襟。

（孟浩然《与诸子登岘山》）

高适字达夫，沧州人，玄宗时，举有道科，官至谏议大夫，年五十，乃学为诗。七言长篇，极悲壮之致，有《高常侍集》。

汉家燕尘在东北，汉将辞家破残贼。男儿本自重横行，天子非常赐颜色。拟金伐鼓下榆关，旌旗逶迤碣石间。校尉羽书飞瀚海，单于猎火照狼山。山川萧条极边土，胡骑凭凌杂风雨。战士军前半死生，美人帐下犹歌舞。大汉穷秋塞草衰，孤城落日斗兵稀。身当恩遇常轻敌，力尽关山未解围。钱衣远戍辛勤久，玉箸应啼别离后。少妇城南欲断肠，征人蓟北空回首。边风飘飘那可度，绝域苍茫更何有。杀气三时作阵云，寒声一夜传刁斗。相看白刃血纷纷，死节从来岂顾勋。君不见沙场争战苦，至今犹忆李将军。

（高适《燕歌行》）

岑参，南阳人，尝为蜀嘉州刺史，后终于蜀。边塞之作，苍拔奇秀，与高适同一畦径，时称高岑。有《岑嘉州诗》。

北风卷地白草折，胡天八月即飞雪。忽如一夜春风来，千树万树梨花开。散入珠帘湿罗幕，狐裘不暖锦衾薄。将军角弓不得控，都护铁衣冷难著。瀚海阑干百丈冰，愁云惨淡万里凝。中军置酒饮归客，胡琴琵琶与羌笛。纷纷暮雪下辕门，风掣红旗冻不翻。轮台东门送君去，去时雪满天山路。山回路转不见君，雪上空留马行处。

（岑参《白雪歌送判官归京》）

储光羲，丹阳人，开元中进士，历官监察御史，与崔国辅、綦毋潜等并以诗称。诗才清逸，王孟之亚也。王渔洋独以为多龙虎铅汞之气。有集行世。

> 春至仓庚鸣，薄言向田墅。不能自力作，黾勉娶邻女。
> 既念生子孙，方思广田圃。闲时相顾笑，嘉悦好禾黍。
> 夜夜登啸台，南望洞庭渚。百草被箱露，秋山响砧杵。
> 却羡故年时，中情无所取。
>
> （储光羲《田园杂兴》）

李颀，东川人，与高适同时，长于歌行，兼工七律，其诗雄拔，高岑之亚也。

> 白日登山望烽火，昏黄饮马傍交河。行人刁斗风砂暗，公主琵琶幽怨多。野营万里无城郭，雨雪纷纷连大漠。胡雁哀鸣夜夜飞，胡儿眼泪双双落。闻道玉门犹被遮，应将性命逐轻车。年年战骨埋荒外，空见蒲萄入汉家。
>
> （李颀《古从军行》）

常建，与储光羲、綦毋潜齐名，诗才超逸而无位。殷璠云："高才而无贵位，诚哉是言也，曩刘祯死于文学，左思终于记室，鲍照卒于参军，今常建亦沦于一尉，悲夫。"殷极爱建诗"山光悦鸟性，潭影空人心"句，故所撰《河岳英灵集》列建诗于首。欧阳永叔又称其"竹径通幽处，禅房花木深"句，以为欲效其语作一联，竟不可得。二联皆建《题破山寺后院》诗中语也。

> 泊舟淮水次，霜降夕流清。夜久潮侵岸，天寒月近城。

平沙依雁宿，候馆听鸡鸣。乡国云霄外，谁堪羁旅情。

（常建《舟泊盱眙》）

王昌龄字少白，江宁人，中第补校书郎，迁汜水尉，旋贬龙标尉，世乱还乡，为刺史间邱晓所害。其诗缜密而思清，七绝为其特长，时称王江宁，有《王江宁诗》。

吴姬越艳楚王妃，争弄莲舟水湿衣。来时浦口花迎入，采罢江头月送归。

（王昌龄《采莲曲》）

昨夜风开露井桃，未央前殿月轮高。平阳歌舞新承宠，帘外春寒赐锦袍。

（王昌龄《春宫曲》）

王之涣，并州人，与王昌龄、崔国辅连唱迭和，名动一时，《凉州词》为时所称。

黄河远上白云间，一片孤城万仞山。羌笛何须怨杨柳，春风不度玉门关。

（王之涣《凉州词》）

祖咏，有《望蓟门》诗，为时所称。

燕台一望客心惊，箫鼓喧喧汉将营。万里寒光生积雪，三边曙色动危旌。沙场烽火连胡月，海畔云山拥蓟城。少小虽非投笔吏，论功还欲请长缨。

（祖咏《望蓟门》）

王翰，有《凉州词》为时所称。

葡萄美酒夜光杯，欲饮琵琶马上催。醉卧沙场君莫笑，古来征战几人回。

（王翰《凉州词》）

王湾《江南意诗》，论者以为诗人以来，所未有。

客路青山外，行舟绿水前。潮平两岸阔，风正一帆悬。海日生残夜，江春入旧年。乡书何处达，归雁洛阳边。

（王湾《江南意》）

崔颢《黄鹤楼》诗，严沧浪以为唐人七律之冠。

昔人已乘黄鹤去，此地空余黄鹤楼。黄鹤一去不复返，白云千载空悠悠。晴川历历汉阳树，芳草萋萋鹦鹉洲。日暮乡关何处是，烟波江上使人愁。

（崔颢《黄鹤楼》）

盛唐诸公，李杜而外，王孟高岑，声名最著。《怀麓堂诗话》曰："唐诗李杜之外，王摩诘、孟浩然足称大家，王诗丰缛而不华靡，孟却专心古澹，而悠远深厚，自无寒俭枯瘠之病。"许彦周曰："岑参诗，自成一家，盖尝从封常清军，其记西域异事甚多，如《优钵罗花歌热海行》，古今传记所不载也。"王昌龄在当时，号诗天子，七言诸绝，未可及也。

第五章 盛唐诗学鼎盛 及诗体之大成(中)

李 杜

王渔洋论盛唐诗，以李杜为二圣，李富于才，杜深于学，富于才者豪于情，深于学者笃于性，诗原本乎性情，二家以性情为诗，此其所以凌驾一代，妙绝千古也。李白论诗曰："梁陈以来，艳薄斯极，沈休文又尚以声律，将复古道，非我而谁。"又曰："兴寄深微，五言不如四言，七言又其靡也，况使束于声调俳优哉。"白之言，似极倡复古，即其集中，亦古多于律，故论者，每以白诗为结古风之局，实则白天才豪放，不屑于声调格律间，情之所至，辄如长江大河，一泻千里，至其清新俊逸，盛唐之英华也。杜甫论诗曰："陶冶性情在底物，新诗改罢自长吟，孰知二谢将能事，颇学阴何苦用心。"又曰："读书破万卷，下笔如有神。"则其好学苦吟，与白之驰骋才情者，又自不同。元稹撰《草堂墓志铭》，尊杜而抑李，宋子京《唐书·杜甫赞》，秦少游作《进论》，皆本稹说，惟韩退之力诋其非，因为诗曰："李杜文章在，光焰万丈长，不知群儿愚，那用故谤伤，蚍蜉撼大树，可笑不自量。"王世贞曰："太白以气为主，以自然为宗，以俊逸高畅为贵。子美以意为主，以独造为宗，以奇拔沉雄为贵。咏之使人飘扬欲仙者，太白也；使人慷慨激烈唏嘘欲绝者，子美也。"其言尚属中论。

李白字太白，其先隋末以罪徙西域，神龙初遁还，客巴西，既长隐岷山，苏颋为益州刺史，见白异之，曰："是子天才英特，少益以学，可比相如。"旋客任城，与孔巢父、韩准、裴政、张叔明、陶沔居徂徕山，日沉饮，号竹溪六逸。天宝初，南入会稽，与吴筠善，筠被召，白亦至长安，贺知章奇其文，言于玄宗，有诏供奉翰林，然犹与饮徒醉于市。帝坐沉香亭，召白赋诗，白赋《清平乐》三章，为世所称。以永王璘事流夜郎，旋放还，依当涂令李阳冰，悦谢家山水欲尽焉，及卒，葬东麓。元和宋宣歊观察，使范传正祭其墓，访后裔，惟二孙女嫁为民妻，因泣曰，"先祖志在青山，顷葬东麓，非本意。"乃改葬立二碑焉。白天才豪放，五七言歌行及五七言绝句，均臻神妙，五律有佳者，七律非所长，尝以谢元晖自况，而杜甫则以鲍、庚许之，均非过拟。有《李太白集》。

姑苏台上乌栖时，吴王宫里醉西施。吴歌楚舞欢未毕，西山欲衔半边日。金壶丁丁漏水多，起看秋月堕江波。东方渐高奈乐何。

（李白《乌栖曲》）

弃我去者昨日之日不可留，乱我心者今日之日多烦忧。长风万里送秋雁，对此可以酣高楼。蓬莱文章建安骨，中间小谢又清发。俱怀逸兴壮思飞，欲上青天览日月。抽刀断水水更流，举杯销愁愁更愁。人生在世不称意，明朝散发弄扁舟。

（李白《宣州谢朓楼饯别校书叔云》）

旧苑荒台御柳新，菱歌清唱不胜春。只今惟有西江月，曾照吴王宫里人。

（李白《苏州怀古》）

杜甫字子美，本襄阳人，徙家巩县，少贫，客游吴、越、齐、赵间。李邕奇其才，先往见之，拜右拾遗，出为华州司功参军，弃官去，客秦州，负薪采橡以自给。其艰难困苦，往往形之于诗。遭时变乱，流落剑南，结庐城都郭。大历中客耒阳，游岳寺，大水遽至，涉旬不得食，县令具舟迎之，馈牛炙白酒，大醉一夕卒。甫一寒士，饱经世变，故于人事之往还，盛衰之递降，多所陈列，酸心痛泪，一一发之于诗。至于当时人民生活困苦之状况，现身说法，犹能描写尽致，故世称诗史，又称平民诗人之宗。歌行长篇及五七言律，味深气厚，千秋绝调，绝句非所长。有《杜工部诗集》。

少陵野老吞声哭，春日潜行曲江曲。江头宫殿锁千门，细柳新蒲为谁绿。忆昔霓旌下南苑，苑中万物生颜色。昭阳殿里第一人，同辇随君侍君侧。辇前才人带弓箭，白马嚼啮黄金勒。翻身向天仰射云，一笑正坠双飞翼。明眸皓齿今何在，血污游魂归不得。清渭东流剑阁深，去住彼此无消息。人生有情泪沾臆，江水江花岂终极。黄昏胡骑尘满城，欲往城南望城北。

（杜甫《哀江头》）

昆明池水汉时宫，武帝旌旗在眼中。织女机丝虚夜月，石鲸鳞甲动秋风。波漂菰米沉云黑，露冷莲房坠粉红。关塞极天惟鸟道，江湖满地一渔翁。

（杜甫《秋兴》八首之一）

　　李杜之名篇佳制，多不胜举，试取其集而尽读之，当知其所以为一代之冠者。与其他各家，固自不同也。

第六章 盛唐诗学鼎盛
及诗体之大成(下)

篋中集诗──元结──沈千运──律诗之反动

元结为诗,力矫俳偶绮靡之习,在盛唐中别为一体,所选《篋中集诗》,列沈千运于首,与千运同调者,尚有王季友、孟云卿、于逖、张彪、赵徵明、元季川诸人,其诗皆务为雅健。篋中集编于乾元(肃宗)三年,凡七人,诗二十四首,千运诸人,多已先卒,而所传诗,亦不多,惜哉。

元结字次山,汝州人,尝避安禄山乱,居樊上,自称曰酒徒,又曰漫叟。官至道州刺史。其诗曲奥,殊少润色,杜甫尝和其《春陵行》,称其可为天地万物吐气。有《元次山集》。

石鱼湖,似洞庭,夏水欲满君山青。山为樽,水为沼,酒徒历历坐洲岛。长风连日作大浪,不能废人运酒舫。我持长瓢坐巴邱,酌饮四座以散愁。

(元结《石鱼湖醉歌》)

沈千运,吴兴人,家于汝北,其诗务为雅正,《篋中集·序》云:"吴兴沈千运，独挺于流俗之中，强攘于已溺之后，穷老不惑，五十余年，凡所为文，皆与时异，故朋友后生，稍见师效，能似类者，有五六人。于戏，自沈公及二三子，皆以正直而无禄位，皆以忠信而久贫贱，皆以仁让而至丧亡。异于是者，显荣当世，谁为辩士，吾欲问之……"是结不独取其诗，亦爱惜痛惋于其人也。

> 今日天气暖，东风杏花坼。筋力久不如，却羡涧中石。
> 神仙杳难信，中寿稀满百。近世多夭伤，喜见鬓发白。
> 杖藜竹树间，宛宛旧行迹。岂知林园主，却是林园客。
> 兄弟所存半，空为亡者惜。冥冥无再期，哀哀望松柏。
> 骨肉能几人，年大自疏隔。性情谁免此，与我不相易。
> 惟念得尔辈，相看慰朝夕。平生兹已矣，此外尽非适。

（沈千运《汝坟示弟妹》）

沈千运诸人，多与李杜相往还，李白有赠于逖诗，杜甫则尝称丰城王季友，又有赠张十二山人彪诗，又称孟子论文更不疑，孟盖指孟云卿。开元天宝间，有此一派，亦律诗盛行中，一小小反动也。

第七章　中唐诗风一变
与元和长庆间诗人之体别（上）

中唐诗风之转变——韦应物——刘长卿——李嘉祐——皇甫氏——秦系顾况与同时之作者——僧皎然

中唐诗家之多，不减盛唐，所谓中不如盛者，特以其时代之不同，与诗风之转变耳。当时作者，如韦应物、刘长卿、李嘉祐、皇甫曾、皇甫冉、秦系、顾况之伦，均能含芬吐秀，接踵前武。其中韦应物、李嘉祐、秦系、皇甫曾兄弟，且并及开元、天宝之盛，刘长卿、顾况则以诗驰誉于上元、宝应（肃宗）间，与所谓大历（代宗）十才子者，先后辉映，驰骋当时。贞元（德宗）以降，迄元和（宪宗）、长庆，其间名家辈出，韩愈、柳宗元、白居易、元稹、刘禹锡等，皆为一代宗匠。或以才气凌人，或以平易近俗，体制各殊，争鸣一代，浸浸乎有盛唐之观焉。

韦应物，京兆人，少以三卫郎侍明皇。永泰（代宗）中，授京兆功曹。大历（代宗）十四年，自鄂令制除栎阳令，以疾辞不就。建中（德宗）三年，拜比部员外郎，累官至苏州刺史。应物高洁喜诗，与刘长卿、丘丹、秦系、僧皎然、顾况等相唱和，其诗多摹陶潜，至其佳者，却不在此，然自是冲淡一派。白乐天云："韦苏州五言高雅闲淡，自成一家之体。"有《韦苏州诗集》。

> 今朝郡斋冷，忽忆山中客。涧底拾枯松，归来煮白石。
> 欲持一瓢酒，远寄风雨夕。落叶满空山，何处寻行迹。
>
> （韦应物《寄全椒山中道士》）

> 江汉曾为客，相逢每醉还。浮云一别后，流水十年间。
> 欢笑情如旧，萧疏鬓已斑。何因不归去，淮上对秋山。
>
> （韦应物《淮上喜会梁川故人》）

刘长卿字文房，河间人，开元进士，官至随州刺史，以诗驰誉上元、宝应间，皇甫湜极称之。长于五言，每题诗不言其姓，但言长卿而已。元好问曰："学诗家有白首不能道长卿一句者。"有《刘随州集》。

> 摇落暮天回，青枫霜叶稀。孤城向水闭，独鸟背人飞。
> 渡口月初上，邻家渔未归。乡心正欲绝，何处捣寒衣。
>
> （刘长卿《馀干旅舍》）

李嘉祐字从一，赵州人，大历中为兖州刺史，与刘长卿、冷朝阳、严维诸人相友善。五言律诗，婉丽绝伦。高仲武云："嘉祐振藻天朝，大收芳誉，中兴高流也，往往涉于齐梁绮美婉丽，吴筠，何逊之敌也。至于'野渡花争发，春塘水乱流'。'朝霞晴作雨，湿气晓生寒。'文华之冠冕也。"有《台阁集》。

> 细草绿汀洲，王孙耐薄游。年华初冠带，文体旧弓裘。

野渡花争发，春塘水乱流。使君怜小阮，应念倚门愁。

（李嘉祐《送王牧往吉州谒使君叔》）

皇甫冉字茂正，丹阳人，大历初，官至右补阙，长于五言，七言有"燕知社日辞巢去，菊为重阳冒雨开"句，为时所称。弟曾字孝常，天宝进士。亦擅诗名，时人以之比张氏景阳、孟阳，与刘长卿过从甚密，五言极工。

游吴还适楚，来往任风波。复送王孙去，其如春草何。
岸明残雪在，潮满夕阳多。季子留遗庙，停舟试一过。

（皇甫冉《送韩司直》）

谢客开山后，郊扉去水通。江湖十年别，衰老一樽同。
返照寒川满，平田暮雪空。沧州自有趣，不复泣途穷。

（皇甫曾《过长卿别业》）

秦系字公绪，会稽人，天宝末，避乱剡溪。建中初客泉州南安九日山，自称南安居士。与刘长卿善，以诗相赠答。权德舆曰："长卿自以为五言长城，系用偏师攻之。"韦苏州有答系诗云："知掩山扉三十秋，鱼须翠碧满床头。莫道谢公方在郡，五言今日为君留。"盖以五言得名久矣。其后东渡秣陵，卒年八十余，南安人号其山曰高士峰。

寂寂池亭里，轩窗间绿苔。游鱼牵荇没，戏鸟踏花摧。
小径僧寻去，高峰鹿下来。中年曾屡辟，多病复迟回。

（秦系《春日闲居》）

顾况字逋翁，姑苏人，至德（肃宗）进士，与柳浑、李泌为方外交，德宗时浑辅政，以秘书郎召，及李泌为相，自谓当得大官，久之迁著作郎，旋贬饶州司户。居茅山，以寿终。皇甫湜序其集云："偏于逸歌长句，骏发踔厉，往往若穿天心出月胁，意外惊人语，非常人所能为，甚快意也。"有《华阳集》。

城边路，今人犁田昔人墓。岸上沙，昔时流水今人家。今人昔人共长叹，四气相催节回换。明月皎皎入华池，白云离离渡霄汉。

(顾况《悲歌》五之一)

僧皎然名昼，姓谢氏，居杼山，当以诗干韦应物，为韦所知。贞元中，敕写其文入秘阁，律诗极工，多清趣，有《皎然集》。

移家虽带郭，野径入桑麻。近种篱边菊，秋来未著花。
扣门无犬吠，欲去问西家。报道山中去，归来每日斜。

(皎然《寻陆鸿渐不遇》)

严维字正文，越州人，与刘长卿善，以诗酒相酬唱，有"柳塘春水漫，花坞夕阳迟"之句，为时所称。

苏眈佐郡时，进出白云司。药补清羸疾，窗吟绝妙词。
柳塘春水漫，花坞夕阳迟。欲识怀君意，明朝访楫师。

(严维《酬刘员外见寄》)

刘方平有《春怨诗》。

　　纱窗日落渐黄昏，金屋无人见泪痕。寂寞空庭春又晚，梨花满地不开门。

（刘方平《春怨》）

张继有《枫桥夜泊诗》。

　　月落乌啼霜满天，江枫渔火对愁眠。姑苏城外寒山寺，夜半钟声到客船。

（张继《枫桥夜泊》）

　　开元、天宝以还，作者诸公之掇拾佳妙，似较盛唐为胜，五言犹其能事，韦应物、刘长卿、李嘉祐、皇甫冉，均其著者，所不逮者，气魄与意味耳。大历十才子出，诗风始为之一变。

第八章　中唐诗风一变
与元和长庆间诗人之体别（中）

大历十才子——十才子同时之作者——王建宫词之独步——权载之与烟波钓叟

　　大历十才子，所传不一。《唐书·文艺传》，卢纶与吉中孚、韩翃、钱起、司空曙、苗发、崔峒、耿湋、夏侯审、李端，皆能诗齐名，号大历十才子。宋江邻几所志，则有卢纶、钱起、郎士元、司空曙、李益、李端、李嘉祐、皇甫曾、耿湋、苗发、吉中孚十一人。严沧浪《诗话》冷朝阳亦列十才子中。当以《唐书·文艺传》所载为近是。十才子中，钱起、卢纶、韩翃、司空曙、李端，享名最盛，吉中孚以下，似稍次之。此外如王建之《宫词》，后世称为绝唱，李益之《乐府》，教坊则取以为声歌，馥郁芬芳，皆一时之奇秀也。

　　钱起字仲文，长兴人，天宝中进士，与郎士元齐名。传尝赴省试，闻空中歌"曲中人不见，江上数峰青。"及赋《湘灵鼓瑟》，末句用些二语足之，主司叹以为若为神助。凡公卿出牧使，起与士元无诗祖行，众以为耻，官至考功郎中。起诗在大历十才子中，最为杰出，尤长五言。高仲武称其诗："格调清奇，理致清澹。迥然独立，莫之与京。"有《钱考功集》。

> 夜来诗酒兴，月满谢公楼。影闭重门静，寒生独树秋。
> 鹊惊随叶散，荧远入烟流。今夕遥天末，清光几处愁。
>
> （钱起《秋夜对月》）

郎士元字君胄，中山人，天宝进士，宝历（肃宗）中，选畿县官，诏试中书，补渭南尉，累官至郢州刺史。高仲武称其诗："词体与钱起大略相同，郎更闲雅。"亦长五言，时人与钱起并称钱郎。

> 暮蝉不可听，落叶岂堪闻，共是悲秋客，那知此路分。
> 荒城背流水，远雁入寒云。陶令门前菊，馀花可赠君。
>
> （郎士元《送钱大》）

卢纶字允言，河中人，大历初，数举进士不第，元载取其文以进，累迁监察御史。德宗时，为户部郎中，舅韦渠牟表其才，召见禁中，帝有所作，辄为赓和。一日，帝问渠牟，卢纶、李益何在，答以纶从浑诚在河中驿，召之会卒。纶诗五言极工，七言亦胜似诸子。文帝尤爱其诗，问宰相"卢纶文章几何，亦有子否。"李德裕对曰，"四子皆擢进士在台阁。"帝遣中人，悉索家笥，得诗五百篇。

> 故关衰草遍，离别自堪悲。路出寒云外，人归暮雪时。
> 少孤为客早，多难识君迟。掩泪空相向，风尘何处期。
>
> （卢纶《送李端》）

李益字君虞，姑臧人，大历进士，长于乐府歌诗，每一篇成，乐工争以赂求之，被声歌供奉天子。受降城闻笛，教坊取以为声歌。王世贞曰：
"绝句李益为胜。"有《李君虞集》。

　　露湿晴花春殿香，月明歌吹在朝阳。似将海水添宫漏，共滴
长门一夜长。

（李益《宫怨》）

　　回乐峰前沙似雪，受降城外月如霜。不知何处吹芦管，一夜
征人尽望乡。

（李益《受降城闻笛》）

　　韩翃字君平，南阳人，初为侯希夷从事，罢府闲居十年，以《寒食
诗》为德宗所知，除驾部郎中知制诰。高仲武云："韩员外放意经史，兴
致繁富，一篇一韵，朝野珍之。"五言及七绝均佳。

　　春城无处不飞花，寒食东风御柳斜。日暮汉宫传蜡烛，轻烟
散入五侯家。

（韩翃《寒食诗》）

　　李端字正己，赵州人，大历进士，官至杭州司马，善五七言。蜀路有
飞泉亭，中诗板百余，后薛能佐李福于蜀道，遇此题云："贾掾曾空去，
题诗岂易哉。"悉去诸板，唯留端《巫山高》一篇而已。

　　巫山十二峰，皆在碧虚中。回合云藏日，霏微雨带风。
　　猿啼寒过水，树色暮连空。愁向高唐望，清秋见楚宫。

（李端《巫山高》）

司空曙字文初，广平人，从韦皋于剑南，终虞部郎中。长五言，淡而有味。《江村即事》诗，为时所称。

> 钓罢归来不系船，江村月落正堪眠。总然一夜风吹去，只在芦花浅水边。

（司空曙《江村即事》）

崔峒，大历进士，官至右补阙。高仲武称其诗"文彩焕发，意思雅淡，披沙拣金，时时见宝"。五七言均有佳者。

> 讼堂寂寂对烟霞，五柳门前集晚鸦。流水声中视公事，寒山影里见人家。观风共美新为政，计日还应更触耶。可惜陶潜无限兴，不逢篱菊正开花。

（崔峒《寄李明府》）

耿沣，宝应元年进士，为左拾遗，工五言，有"家贫僮仆慢，官罢友朋疏"之句，为世所称。

> 终岁山川路，生涯总几何。艰难为客惯，贫贱受恩多。
> 暮角寒山色，秋风远水波。无人见惆怅，垂鞚入烟萝。

（耿沣《邠州留别》）

王建，工乐府歌行，思远格幽，所为《宫词》，妙绝一世。建初为渭南尉，与宦者王守澄有宗人之分，因过饮以相讥戏，守澄深憾曰："吾弟所作宫词，禁夜深邃，何以知之。"将奏劾，建因以诗解之曰："先朝行坐镇相随，今日春宫见长时。脱下御衣偏得著，进来龙马每教骑。尝承密旨还家少，独奏边情出殿迟。不是当家频向说，九重争遣外人知。"事遂寝。《宫词》凡百绝，天下传播。明朱承爵《存馀堂诗话》云："王建宫词一百首，蜀本所刻者得九十二首，遗其八，近世所传，百首皆备，盖好事者妄以他人诗补之。"中有"新鹰初放兔初肥，白日君王在内稀。薄暮千门临欲锁，红妆飞骑向前归。""黄金杆拨紫檀槽，弦索初张调更高。理尽昨来新上曲，内官帘外送樱桃。"此张籍《宫词》二首也。"泪尽罗巾梦不成，夜深前殿按歌声，红颜未老恩先断，斜倚薰笼坐到明。"此白乐天《后宫词》也。"闲吹玉殿昭华管，醉折梨园缥带花。十年一梦归人世，绛缕犹封系臂纱。"此杜牧之《出宫词》也。"银烛秋光冷画屏，轻罗小扇扑流萤。天街夜色凉如水，坐看牵牛织女星。"此杜牧《七夕诗》也。"奉帚平明金殿开，且将围扇共徘徊。玉颜不及寒鸦色，犹带昭阳日影来。"此王昌龄《长信秋词》也。"日晚长秋帘外报，望陵鼓舞在明朝。添炉欲爇薰衣麝，忆得分时不忍烧。""日映西陵松柏枝，下台相顾一相悲。朝来乐府歌新曲，唱著君王自作词。"此刘梦得《魏宫词》也。近读赵与峕《宾退录》其所述建遗诗七首，则是"忽地金舆向日陂，内人接著便相随。却回龙武军前过，当殿发开鹅鸭池。""画作天河刻作牛，玉梭金镊采桥头。每年宫女穿针夜，敕赐新恩乞巧楼。""春来晚困不梳头，懒逐君王苑北游。趄向玉阶花下坐，簸钱赢得两三筹。""弹棋玉指两参差，背局临虚斗著危。先打角头红子落，上三金字半边垂。宛转黄金白柄长，青荷叶子画鸳鸯。把来不是呈新样，欲进微风到御床。""供御香方加减频，水沉山麝每回新。内中不许相传处，已被医家写与人。""药童食后进云浆，高殿无风扇小凉。每到日中重掠鬓，衩衣骑马绕宫廊。"又云，"得之于洪文敏所录唐人绝句中，文敏所得，又不知何所自也。观其词气，要与九十二首为类，惜尚缺其一。"欧阳永叔《归田录》称其词多言唐宫中事，群书阙绝者，故不惜征引。有《王司马集》。

鱼藻宫中锁翠娥，先皇行处不曾过。如今池底休铺锦，菱角
鸡头积渐多。

避暑昭阳不掷卢，井边含水喷鸦雏。内中数日无呼唤，搨得
滕王蛱蝶图。

（王建《宫词》之二）

权德舆字载之，天水人，德宗朝知制诰，在西掖八年，风流蕴藉。后
结庐江南，蓬蒿晏如，每遇一胜景，得一佳句，怡然独笑，如获珍宝，其
小诗似盛唐。有《权文公集》。

昨夜裙带解，今朝蟢子飞。铅华不可弃，莫是藁砧归。
独自披衣坐，更深月露寒。隔帘肠欲断，不敢下阶看。

（权德舆《玉台体二首》）

于良史，善五言。高仲武称其诗："清雅，工于形似，吟之未终，皎
然在目。"有"掬水月在手，弄花香满衣"之句，为时所称。

春来多胜事，赏玩夜忘归。掬水月在手，弄花香满衣。
兴来无远近，欲去惜芳菲。南望钟鸣处，楼台深翠微。

（于良史《青山夜月》）

戴叔伦字幼公，润州人，师事萧颖士，为门人冠。德宗朝，累迁至容
管经略。尝刺抚州，作均水法，一郡便之，有诗名。

旅馆谁相问，寒灯独可亲。一年将尽夜，万里未归人。

寥落悲前事，支离笑此身。愁颜与衰鬓，明日又逢春。

（戴叔伦《除夜宿石头驿》）

张志和字子同，婺州人，父亡不仕，居江湖，自称烟波钓叟。有《渔父歌》数首，清逸绝伦，为时所称。

西塞山前白鹭飞，桃花流水鳜鱼肥。青箬笠，绿蓑衣，斜风细雨不须归。

雪溪湾里钓鱼翁，舴艋为家西复东。江上雪，浦边风，笑著荷衣不叹穷。

（张志和《渔歌》之二）

大历诸子之诗，皆以清淡闲远为胜，与刘长卿、李嘉祐等之以婉丽见长者，又自不同，此别一诗境也，惟王建之宫词，在当时为独步。

第九章 中唐诗风一变
与元和长庆间诗人之体别(下)

元和长庆间诗人之体别——韩柳——韩门诸子——李长吉歌
诗之韵美——元白——刘禹锡——张司业晚传格律——姚贾——
姚贾一派独开晚唐

元和、长庆间,诗体有两大派,韩柳与元白是也。韩诗崛傲奇险,在李杜之外,自成一家。柳诗孤清简峭。与韩齐名,而独标宗派。两公文章学业,震撼一世,故诗名亦极盛,后人尊韩,并及其诗,多称韩杜。当时与韩游而以诗名者,有孟郊、贾岛、卢仝、李贺、张籍、姚合之伦,孟郊、贾岛语多苦涩,卢仝、李贺则肆尚奇艳,张籍、姚合于诸家之外,别树一帜,至其律格,又晚唐之宗也。柳公半世遣谪,抑郁遐荒,故门下,寂无闻焉。元白创体元和,务为浅易,故多以白话入诗,尚自然,任性情,一洗韩派奇险惊僻苦涩孤冷之习,盖韩派一大反动也。与元白游者,有刘禹锡,诗名亦相埒。白诗在当时,极为人所乐读,民间每得一诗,争相传咏,故流传亦极广,韩与白虽并称,以此相较,则韩瞠乎其后矣。

韩愈字退之,邓州南阳人,擢进士第,德宗时迁监察御史。宪宗时(元和)以谏迎佛骨贬潮州。穆宗时王庭凑作乱,诏愈宣慰其军,六军不敢犯法，第官至吏部侍郎。愈文章燁炳，一世师法，诗以豪健奇僻胜，长篇尤其能事，惟深婉不足，为诗人之短，至其气势奔放，才思纵横，则未有能及之者。有《韩文公集》。

山石荦确行径微，黄昏到寺蝙蝠飞。升堂坐阶新雨足，芭蕉叶大栀子肥。僧言古壁佛画好，以火来照所见稀。铺床拂席置羹饭，疏粝亦足饱我饥。夜深静卧百虫绝，清月出岭光入扉。天明独去无道路，出入高下穷烟霏。山红涧碧纷烂熳，时见松枥皆十围。当流赤足踏涧石，水声激激风生衣。人生如此自可乐，岂必局促为人靰。嗟哉吾党二三子，安得至老不更归。

（韩愈《山石》）

柳宗元字子厚，河东人，第进士博学宏词科，贞元（德宗）十九年为监察御史，王叔文用事，奇待之，叔文败，宗元贬永州，涉履蛮瘴，纵情山水，埋厄感郁，一寓诸文。在永十一年，元和（宪宗）十年，召回，有诗云，"十一年前南渡客，四千里外北归人。"既至都，又贬柳州，又为诗云，"十年憔悴到秦京，谁料翻为岭外行。"既没，柳人怀之，托言降于州之堂，人有慢者，辄死，庙于罗池，翰愈因碑以实之，子厚文章，简淡幽峭，与韩愈并驰一代，诗名亦相埒，宋人或以为工于退之，小诗幻眇清妍，实胜于韩，长句大篇，则有所不逮。有《柳柳州集》。

渔翁夜傍西岩宿，晓汲清湘燃楚竹。烟消日出不见人，欸乃一声山水绿。回看天际下中流，岩上无心云相逐。

（柳宗元《渔翁》）

孟郊字东野，湖州人，与韩愈为忘形交，屡试不第，穷饿不得安养，周天下无所遇，因为诗曰，"食荠肠亦苦，强歌声无欢。出门即有碍，谁谓天地宽。"年五十，始举进士，调溧阳尉。县有投金濑，郊间往坐水旁，徘徊赋诗，而曹务多废，令白府以假尉代之，分其半俸，及卒，张籍谥之曰贞曜先生。郊一生穷厄，故诗语寒苦。李翱荐郊于张建封，李观荐郊于梁肃，均极称其五言。韩愈赠郊诗曰，"作诗三百首，杳然咸池音。"至苏东坡论郊诗曰，"初如食小鱼，所得不偿劳。又如食螃蟹，竟日嚼空螯。"严沧浪曰："孟郊之诗，憔悴枯槁，其气局促不伸，退之许之如此，何耶。诗道本甚大，孟郊自为之艰涩耳。"好恶之不同，有如是者。有《孟东野诗集》。

> 长安无缓步，况值天景暮。相逢灞浐间，视戚不相顾。
> 自叹方拙身，忽随轻薄伦。常恐失所避，化为车辙尘。
> 此中生白发，疾走亦未歇。
>
> （孟郊《灞上轻薄行》）

贾岛字浪仙，范阳人，初为浮屠，名无本，旋为韩愈所知，乃去浮屠，举进士，文宗时，授长江主簿。岛诗变格入僻，故好为苦吟，有"二句三年得，一吟双泪流"之语，五言时见警句，韩愈诗曰："孟郊死葬北邙山，日月星辰顿觉闲。天恐文章中断绝，再生贾岛在人间。"有《贾长江集》。

> 数里闻寒水，山家少四邻。怪禽啼旷野，落日恐行人。
> 初月未终夕，边烽不过秦。萧条桑柘外，烟火渐相亲。
>
> （贾岛《暮过山村》）

卢仝号玉川子，居东都，韩愈为河南令，厚礼之，尝为《月蚀诗》讥元和逆党。其诗怪僻，有《谢孟谏议惠茶歌》长篇，为时所称。《有所思》《楼上女儿曲》诸诗，飘逸绝伦，但与《月蚀》等诗不相类，《雪浪斋日记》疑非全作，未可考也。有《玉川子诗集》。

　　当时我醉美人家，美人颜色娇如花。今日美人弃我去，青楼珠箔天之涯。天涯娟娟嫦娥月，三五二八圆又缺。翠眉蝉鬓生别离，一望不见心断绝。心断绝，几千里，梦中醉卧巫山云，觉来泪滴湘江水。湘江两岸花木深，美人不见愁人心。含愁更奏绿绮琴，调高弦绝无知音。美人兮美人，不知为暮雨兮为朝云。相思一夜梅花发，忽到窗前疑是君。

（卢仝《有所思》）

　　李贺字长吉，系出郑王后，七岁能文词，韩愈、皇甫湜过其家，使赋诗，贺为赋《高轩过》，如素构，自是有名。每日旦出，骑弱马，小奚奴背古锦囊从后，得句辄投其中，暮归，母使婢探囊，见所书多，辄怒曰，"是儿要呕出心肝乃已。"宪宗时，为协律郎，卒年方二十七。贺诗奇诡幽艳，自成一家，后人未有能效之者，《乐府》数十篇，云韶诸工，皆合弦管，前无古人，后无来者，天地间之奇才也。有《李长吉歌诗》。

　　琉璃钟，琥珀浓。小槽酒，珍珠红。烹龙炮凤玉脂泣，罗屏绣幕围香风。吹龙笛，击鼍鼓。皓齿歌，细腰舞。况是青春日将暮，桃花乱落如红雨。劝君终日醉酩酊，酒不到刘伶坟上土。

（李贺《将进酒》）

　　秋野明，秋风白，塘水漻漻虫啧啧。云根苔藓山上石，冷红泣露娇啼色。荒畦九月稻叉牙，蛰萤低飞陇径斜。石脉水流泉滴沙，鬼灯如漆点松花。

（李贺《南山田中行》）

　　元稹字微之，河南人，元和初，对策举制科第一，穆宗在东宫，妃嫔皆诵其诗，呼元才子。长庆初，擢祠部郎中知制诰，宰相令狐楚奇其文，曰："今代之鲍、谢也。"累官至武昌军节度使。元诗名与白居易相埒，时称元白，其诗天下传讽，号元和体。惟以其体浅易近人，博得俗好，谬于诗者，多诋之为轻俗，亦诗人之陋习也。元献诗令狐楚自叙其文云："稹自御史府谪官，于今十余年矣，闲诞无事，遂专力于诗章，日益月滋，有诗千余首，其间感物寓意，可备曚瞽之风者有之，辞直气粗，罪尤是惧，固不敢陈露于人。唯杯酒光景间，屡为小碎篇章，以自吟畅，然以为律卑痹，格力不扬，苟无姿态，则陷流俗，常欲得思深语近，韵律调新，属对无差，风情宛然，而病未能也。江湖间，多新进小生，不知天下文有宗主，妄相仿效，而又从而失之，遂至于支离褊浅之辞，皆目为元和诗体……而司文者考变雅之由，往往归咎于稹……"则稹在当时固亦自辩之矣。《连昌宫辞》最为当时所艳称。又与窦巩唱和，称《兰亭绝唱》。有《元氏长庆集》。

　　　　谢公最小偏怜女，自嫁黔娄百事乖。顾我无衣搜尽箧，泥他沽酒拔金钗。野蔬充膳甘长藿，落叶添薪仰古槐。今日俸钱过十万，与君营奠复营斋。

（元稹《遣悲怀》三之一）

　　白居易字乐天，其先太原人，贞元进士，元和初，为翰林学士，遣左拾遗，旋贬江州司马，曾昌（武宗）初，以刑部尚书致仕，卒年七十五。白少以诗谒顾况，为况所知。元稹守浙西，白牧采台，置驿递诗相酬唱，多至千篇。晚与刘禹锡齐名，称刘白。尝于香山凿八节滩，自号香山居士，又称醉吟先生。其诗浅易自然。风靡当世，《新乐府》数十篇。多规讽时事，《上阳人》《新丰折臂翁》其著者也。《长恨歌》《琵琶行》最为后人所艳称，小诗有逸致。有《白香山诗集》。

真娘墓，虎邱道，不识真娘镜中面，惟见真娘墓头草。霜摧桃李风折莲，真娘死时犹少年。脂肤荑手不牢固，世间尤物难流连。难流连，易销歇。塞北花，江南雪。

（白居易《真娘墓》）

菱叶萦波荷飐风，荷花深处小船通。逢郎欲语低头笑，碧玉搔头落水中。

（白居易《采莲曲》）

刘禹锡字梦得，中山人，贞元进士，累官至太子宾客。王叔文之败，宗元贬柳州，禹锡贬播州，宗元曰，播非人所居，而梦得亲在堂，万无母子俱往理，请于朝，以柳易播。中丞裴度，亦以禹锡母老为上言，得改连州，未至，斥朗州司马。州接夜郎诸夷，俗喜巫鬼，为作《竹枝辞》十余篇以祀神，词意高妙。武陵夷俚悉歌之。屡经迁谪，会昌朝，检校礼部尚书卒。禹锡长五七言，语多深婉，白乐天称之为诗豪，《金陵五题》《两塞怀古》诸诗，为世所称。有《刘宾客集》。

王濬楼船下益州，金陵王气黯然收。千寻铁锁沉江底，一片降幡出石头。人事几回伤往事，山形依旧枕寒流。今逢四海为家日，故垒萧萧芦荻秋。

（刘禹锡《西塞山怀古》）

炀帝行宫汴水滨，数株杨柳不胜春。晚来风起花如雪，飞入宫墙不见人。

（刘禹锡《杨柳枝词》）

张籍字文昌，和州乌江人，第进士，韩愈荐为国子博士，历水部员外郎，官至国子司业。籍长乐府，靖丽深婉，自成一家，五言亦平淡可喜。《岁寒堂诗话》云："张司业诗，与元白一律，专以道得人心中事为工。"晚传律格诗，及门者甚众，朱庆馀亲受其旨，遂开晚唐之风。有《张司业集》。

君知妾有夫，赠妾双明珠。感君缠绵意，系在红罗襦。妾家高楼连苑起，良人执戟明光里。知君用心如日月，事夫誓拟同生死。还君明珠双泪垂，恨不相逢未嫁时。

（张籍《节妇吟》）

姚合，陕州人，元和进士，初授武功主簿，开成（文宗）末，终秘书监。与马戴、费冠卿、殷尧藩、张籍游，李频师之，时称姚武功。为诗刻意苦吟，冥搜物象，与贾岛相近，时流竞尚，遂启晚唐之风。所选《极玄集》录王维至戴叔伦等二十一人诗百首，自以为精审。有《姚少监诗集》。

偶寻灵迹去，幽径入氤氲。转壑惊飞鸟，穿山踏乱云。水从岩下落，溪向寺前分。释子游何处，空堂日渐曛。

（姚合《过灵泉寺》）

朱庆馀以诗受知于张籍，遂擢登上第。

洞房昨夜停红烛，待晓堂前拜舅姑。妆罢低声问夫婿，画眉深浅入时无。

（朱庆馀《闺意》）

李频以诗受知于姚合，官至建州刺史。

中流欲暮见湘烟，苇岸无穷接楚天。去雁远冲云梦雪，离人独上洞庭船。风波尽日依山转，星汉通宵向水连。零落梅花过残腊，故园归去又新年。

（李频《湖口送友人》）

元和长庆间，诸大诗家，均成绝响，张籍、贾岛、姚合之伦，独开晚唐。晚唐之诗，固自有其特异之色彩，及其敝也，写景于琐屑，寄情于偏僻，姚、贾之伦，实启其端矣。

第十章　晚唐诗人之别致
与诗学衍变后统派之分传(上)

晚唐诗之声美——杜牧——许浑——马戴——李群玉张祜与同时之作者——赵倚楼

晚唐诸家之诗,在唐诗中,别具一格,与初唐之四杰,中唐之刘、李,有同一不可思议之声美,如岩花涧草,趣味无穷。至其气势之降落,体格之卑促,固莫能讳也。当时诗人如杜牧、许浑、马戴、李群玉辈,均能振拔一时,以气格相标尚,而杜诗尤称豪放。与杜游者,有张祜、赵嘏,二人虽为杜所称许,而豪迈赡美,皆不及也。温、李齐名,别为一体,温诗多粉渍香痕,李诗喜隐讽时事,绵密藻丽,为时所喜。而皮日休、陆龟蒙、韩偓、唐彦谦之流,又为其羽翼,近靡当世,下启西昆,为晚唐诗家之健者。司空图、项斯学张籍,方干、周贺效姚合,李洞、喻凫效贾岛,崇尚格律,抗颜温、李,为宋江西诗派之远祖。陆龟蒙以尊法商隐,故力诋之,不足怪也。此外若三罗、杜荀鹤、曹唐、胡曾……辈,均有所独擅,杜且与格律派立异,世号晚唐格。顾云序杜《唐风集》,以之拟李白、杜甫,抑又过矣。

杜牧字牧之，京兆万年人，太和（文宗）进士，官至中书舍人。其诗豪迈，自成一格，七绝尤佳妙，时称小杜。牧为御史，尝分务洛阳，李司徒愿，罢镇闲居，声伎豪侈，一日高会朝客，牧独坐南行，问曰，"闻有紫云者，敦是。"李指之。杜凝睇良久曰，"名不虚得，宜以见惠。"李俯而笑，妓亦回首破颜。牧自饮二爵，朗吟曰："华堂今日绮筵开，谁唤分司御史来。忽发狂言惊四座，两行红粉一时回。"其人之豪迈，有如是者，卒年五十。有《杜樊川集》。

　　烟笼寒水月笼沙，夜泊秦淮近酒家。商女不知亡国恨，隔江犹唱后庭花。

（杜牧《泊秦淮》）

　　娉娉袅袅十三余，豆蔻梢头二月初。春风十里扬州路，卷上珠帘总不如。

（杜牧《赠别》）

许浑字用晦，丹阳人，太和六年进士，大中（宣宗）间，任监察御史，以疾乞东归，终郢、睦二州刺史。浑诗在晚唐为一大家，长五七言，而工于俪句，有《丁卯集》。

　　一上高城万里愁，蒹葭杨柳似汀洲。溪云初起日沉阁，山雨欲来风满楼。鸟下绿芜秦苑夕，蝉鸣黄叶汉宫秋。行人莫问当年事，渭水寒声昼夜流。

（许浑《咸阳城东楼》）

马戴字虞臣，会昌进士，与姚合相友善，常以诗相赠答。咸通（懿宗）末，佐大同军幕，又得许棠为友，棠与喻垣之、张乔、郑谷、张蠙等称十哲，亦以诗名。戴长五言，严沧浪称为晚唐诸家之冠。其清丽，刘（长卿）、李（嘉祐）之亚也。

露气寒光集，微阳下楚邱。猿啼洞庭树，人在木兰舟。
广泽生明月，苍山夹乱流。云中君不见，竟夕自悲秋。

（马戴《楚江怀古》）

李群玉字文山，澧州人，有诗名，裴休观察湖南，厚延致之，大中（宣宗）间，裴为相，荐之云："群玉放怀丘壑，吟咏性情，叱妍词于丽则，动清律于风骚，冥鸿不归，羽翰自逸，雾豹远迹，文采愈奇。"授校书郎。有《李文山诗集》。

小孤洲北浦云边，二女明桩共俨然。野庙向江春寂寂，古碑无字草芊芊。回风日暮吹芳芷，月落山深哭杜鹃。犹似含嚬望巡狩，九嶷凝黛隔湘川。

（李群玉《题二妃庙》）

张祜字承吉，清河人，寓苏州，以诗名。白居易为杭州刺史，江东进士，多奔杭取解，时以素望取士，祜自意必首荐，既而徐凝冠多士，祜遂偃蹇。长庆中，令狐楚镇天平，表祜新旧诗三百篇以献，祜至京师，又为元稹所抑，寂寞东归，自号钓鳌客。杜牧守池与祜为诗酒友，有"谁人得似张公子，千首诗轻万户侯"之句。后知南海，但载罗浮石归。大中间，卒于丹阳。祜长宫词，《何满子》词，为时所称。

故国三千里，深宫二十年。一声何满子，双泪落君前。

自倚能歌曲，先皇掌上怜。新声何处唱，肠断李延年。

（张祜《宫词二首》）

赵嘏字承祐，山阳人，会昌（武宗）进士，大中间，仕至渭南尉卒。嘏诗能美而有味，杜牧极称之，有"长笛一声人倚楼"之句，人号赵倚楼。

云雾凄凉拂暑流，汉家宫阙动高秋。残星几点雁横塞，长笛一声人倚楼。紫艳半开篱菊静，红衣落尽渚莲愁。鲈鱼正美不归去，空戴南冠学楚囚。

（赵嘏《长安秋望》）

在晚唐诸家中，杜牧与李商隐自是杰出，杜之豪迈，则未有能及之者，唐末李山甫辈慕而效之，但失于粗耳。

第十一章　晚唐诗人之别致
与诗学衍变后统派之分传(中)

温李——典丽一派为宋西昆派之宗——温诗结有唐之诗局启五代之新声——皮陆——唐彦谦以次之作者——韩偓与香奁集

温李齐名，温兼擅小词，为有唐一代词人之宗，其诗亦侧艳。李诗典丽，规摹老杜，而使事失之隐晦，遂自成一家。皮日休、陆龟蒙、韩偓、唐彦谦辈，且追踪其后而师法之，其体乃愈大。迨有宋之初，杨亿、刘筠诸人，又祖之以倡西昆，于是后世之诋毁西昆者，乃因杨、刘等而并及于李，不亦诬耶。

温庭筠字飞卿，太原人，数举进士不第，宣宗爱唱《菩萨蛮》词，丞相令狐绚假其修撰，密进之，戒令勿泄，而遽言于人，由是疏之，大中末，出为方城尉。飞卿有才无行，其诗绮艳曲媚，已渐演变而为词，歌曲尤近似，五七律时有胜语。盖结有唐之诗局，而启五代之新声者也。有《温飞卿诗集》《金荃词》。

家临长信往来道，乳燕双双拂烟草。油壁车轻金犊肥，流苏帐晓春鸡早。笼中娇鸟暖犹睡，帘外落花闲不扫。衰桃一树近前池，似惜红颜镜中老。

（温庭筠《春晓曲》）

荒戍落黄叶，浩然离故关。高风汉阳渡，初日郢门山。江上
几人在，天涯孤棹边。何当重相见，樽酒慰离颜。

（温庭筠《送人东游》）

李商隐字义山，怀州河内人，开成（文宗）进士，释褐秘书省校书
郎，累官至东川节度判官检校工部郎中，号玉谿生。商隐诗尚故实，务词
华。故有时失之隐僻，《冷斋夜话》且诋为诗之一厄，至其典丽深婉，高
情厚意，莫能及也。善七言律绝，所为《无题》诗，无不佳妙，与温庭筠
时称温李，与杜牧又称李杜。有《李义山诗集》。

紫泉宫殿锁烟霞，欲取芜城作帝家。玉玺不缘归日角，锦帆
应是到天涯。于今腐草无萤火，终古垂杨有暮鸦。地下若逢陈后
主，岂宜重问后庭花。

（李商隐《隋官》）

珠箔轻明拂玉墀，披香殿里斗腰支。不消看尽鱼龙戏，终遣
君王怒偃师。

（李商隐《宫妓》）

皮日休字袭美，襄阳人，咸通（懿宗）中，射策不中退归，崔仆守
苏，辟为判官。日休诗体奥丽。宗法义山，工咏物，与陆龟蒙为友，有
《松陵唱和集》。

连钱锦暗麝氛氲，荆思多才咏鄂君，孔雀钿寒窥沼见，石榴
红重堕阶闻。牢愁有度应如月，春梦无心只似云。应笑病来惭满
愿，花栽好作断肠文。

（皮日休《病后春思》）

陆龟蒙字鲁望，吴郡人，与皮日休、罗隐、英融为友，诗宗义山，极
诋元和以后律格之非。皮日休《松陵集·序》曰：“有进士陆龟蒙者，其才
之变，真天地之气也，近代称温飞卿、李义山为之最，以陆生参之，乌知
其孰为先后也。”与皮称皮陆，有《松陵集》。

几年无事傍江湖，醉倒黄公旧酒垆。觉后不知新月上，满身
花影倩人扶。

（陆龟蒙《春日酒醒》）

且将丝缍击兰舟，醉下烟汀减去愁。江上有楼君莫望，落花
随浪正东流。

（陆龟蒙《有别》）

唐彦谦字茂业，并州人，少师温庭筠，故文格似之。其为诗极慕义
山，用事精巧，对偶亲切，尤长七言，杨大年、刘子仪辈，极称爱之。杨
大年曰，“鹿门先生唐彦谦，为诗慕玉谿，得其清峭感怆，盖其体也。”陈
后山曰，“唐人不学杜诗，惟唐彦谦一人，义山诗，实是学杜，彦谦既师
温李，则有时似杜，无足怪也，展转相效，以至杨、刘。”是唐与杨、刘
尤相近。

露白风清夜向晨，小星垂佩月埋轮。绛河浪浅休相隔，沧海

波深尚作尘。天外凤凰何寂寞，世间乌鹊漫辛勤。倚栏殿北斜楼
上，多少通宵不寐人。

（唐彦谦《七夕》）

薛能字大拙，汾州人，会昌进士，咸通中，屡官至节度徐州，广明
（僖宗）元年，全家遇害。能以诗道自任，诋格律为千篇一律，陆之比
也，工七言。有《薛许昌集》。

庭锁荒芜独夜吟，西风吹动故人心。三秋木落半年客，满地
月明何处砧。渔唱乱沿汀鹭合，雁声寒咽陇云深。平生只有松堪
封，露浥霜欺不受侵。

（薛能《秋夜旅舍寓怀》）

韩偓字致元，昭宗时，以翰林承旨谪岭南，依王审知卒。其诗善陈时
事，词意精深，有《香奁集》，绮丽似义山，盖偓少时固与义山游也。沈
存中云：“《香奁集》和鲁公凝之词也，唯其艳丽，故贵后将其名于韩
偓。凝平生著述分《演纶》《游艺》《孝弟》《疑狱》《香奁》《籝金》六
集，自为《游艺集·序》云，‘予有《香奁、籝金集》，不行于世。’凝在政
府避议论，讳其名，又欲见知后人，故于《游艺集·序》实之，此凝之意
也。”葛立方《韵语阳秋》云：“沈存中《笔谈》以《香奁集》为和凝作，
而嫁名于韩偓。”今观《香奁集》有《无题诗序》云，‘余辛酉年戏作《无
题诗》十四韵，故奉常王公内翰吴融舍人令狐涣，相次属和，是岁十月
末，一旦兵起，随驾西狩，文稿咸弃，丙寅岁在福建，有苏昈以藁见授，
得《无题诗》，因追味旧时，阙忘甚多。’予按《唐书·韩偓传》，偓尝与崔
胤定策，诛刘季述，昭宗反正为功臣，与令狐涣同为中书舍人。其后韩全
海等，劫帝西幸，偓夜追帝及邠，见帝恸哭，至凤翔，迁兵部侍郎。天祐

二年，挈其族依王审知而卒。以《纪运图》考之，辛酉乃昭宗天复元年，丙寅乃哀帝天祐二年，其序所谓丙寅岁在福建，有苏懬授其稿，正依王审知之时也，传与序无一不合，此集为韩偓所作无疑。《笔谈》云，"偓又有诗百篇，在其四世孙奕处见之。岂非所谓旧诗之阙忘者乎。"又有《韩内翰别集》。

> 碧栏杆外绣帘垂，猩色屏风画折枝。八尺龙须方锦褥，已凉天气未寒时。
>
> （韩偓《已凉》）

> 万里清江万里天，一村桑柘一村烟。渔翁醉著无人唤，过午醒来雪满船。
>
> （韩偓《醉著》）

吴融字子华，越州人，昭宗时，为翰林学士，与韩偓为友，其诗亦相类，偓之亚也。有《唐英歌诗》。

> 渔阳烽火照函关，玉辇匆匆下此山。一曲霓裳听不尽，至今犹恨水潺潺。
>
> （吴融《过函关诗》）

诗衍为词，庭筠首当其冲，而其才亦足以任之。皮、陆、唐、薛之流，尊法义山，诋毁律格，门户之见已深，支分派衍，以此知诗势之垂尽也。

第十二章　晚唐诗人之别致
与诗学衍变后统派之分传（下）

格律派之抗衡——格律一派为宋江西派之宗——司空图方干
以次之作者——唐风集诗——三罗——诗至晚唐其势已尽此后承
袭诗统者乃词而非诗——唐以后之诗均属前人之旁枝别派

元和以后，姚、张倡为律格，时流宗之，司空图学张籍，方干学姚
合，李洞学贾岛，均其著者，而司空图与方干，又宋江西诗派之所宗也。
江西派宗法黄庭坚，庭坚为苏门六君子之一，二人论诗，原自相近，故世
号苏黄。东坡极称司空图诗，又尝手写方干七律，时自省览，论者每以为
包韩、白之雄豪，总张、姚之格律，其渊源正复可考，非徒凭臆度也。杜
荀鹤辈思以豪放为工，与典丽律格两派立异，惟力不胜耳。

司空图字表圣，河中虞乡人，咸通进士，黄巢之乱，车驾播迁，图有
先人旧业在中条山，极林泉之美，因避地居焉。日以诗酒自娱，河中士
人，依图避难者甚众，自称知非子，结茅屋命曰休休亭，并为之记。梁受
禅，以礼部尚书征，辞以老病，卒年八十余。图诗淡远有味，尤自负其七
绝。与李生论诗曰："……江岭之南，凡足资于适口者，若醯非不酸也，
止于酸而矣，若醝非不咸也，止于咸而已，中华之人，所以充饥而遽辍

者，知其酸咸之外，醇美者有乏耳，江岭之人，习之而不辨也……"苏东坡称其诗"高雅，有承平之遗风"。著《诗品》二十则，有《司空表圣集》。

　　故国春归未有涯，小栏高槛别人家。五更惆怅回孤枕，犹自
残灯照落花。

（司空图《晚春》）

　　帝舜南巡去不远，二妃幽怨水云间。当时珠泪知多少，直到
如今竹尚斑。

（司空图《二妃庙》）

　　方干字雄飞，桐庐人，诗人章八元之外孙也，屡举进士不第，初居县之鸬鹚源，徐凝一见器之，授以诗律，干始举进士。谒钱塘太守姚合，合视其貌陋，甚卑之，坐定览卷，乃骇目变容，登山临水，皆与之共，自咸通迄文德（僖宗末），江之南，未有能及之者。殁后十余年，宰相张文蔚奏名儒不第者五人，干其一也。其诗高秀，多警句。《四库提要》曰："何光远《监戒录》，称干为诗炼句，字字无失，咏系风雅，体绝物理，盖其气格清迥，意度闲远，于晚唐纤靡俚俗之中，独能自振，故盛为一时所推，然其七言浅弱较逊五言，《郝氏林亭》而外，佳句无多，则又风会有以限之也。"《郝氏林亭》佳句，即"鹤盘远势投孤屿，蝉曳残声过别枝。"是也。苏东坡则又极称其七律。与李频相友善，均以诗名。

　　莫见凌云飘粉箨，须知碍石坐盘根。细看枝上蝉吟处，犹是
笋时虫蚀痕。月送绿阴斜上砌，露凝寒色湿遮门。列仙终日逍遥

地，鸟雀潜来不敢喧。

（方干《越州使院竹》）

李洞，唐诸王孙也，尝游西川，慕贾浪仙（岛）为诗，铸铜像其仪，事之如神，故其诗亦冷涩。三榜裴公，第二榜策夜帘前献诗云，"公道此时如不得，昭陵痛哭一生休。"寻卒蜀中。裴公无子，人谓屈洞所致，裴公赟也。

闲坊宅枕穿宫水，听水分衾尽蜀僧。药杵声中捣残梦，茶铛影里煮孤灯。刑曹树映千年井，华岳楼开万里冰。诗句变风官渐紧，夜涛春尽海边藤。

（李洞《上崇贤曹郎中》）

刘得仁，贵主子，自开成（文宗）至大中（宣宗）三朝，昆弟皆历贵仕，而得仁出入举场三十年，卒无成，惟以诗名于时。薛能讥其诗千篇一律，而司空图极称之，亦可见好尚之不同也。

无事门多掩，阴阶竹扫苔。劲风吹雪聚，渴鸟啄冰开。
树向寒山得，人从瀑布来。终期天目老，惊锡逐云回。

（刘得仁《题邵公禅院》）

郑谷字若愚，袁州人，司空图一见，许为一代风骚主，乾宁（昭宗）中，为都官郎中，卒于家。《十日菊》《咏燕》《杭州樟亭》诸篇，为时所称。

故国江天外，登临落照间。潮平无别浦，木落见他山。

沙鸟晴飞远，渔人夜唱闲。岁穷归未得，心逐片帆还。

（郑谷《杭州樟亭》）

僧齐己，长五言，与司空图相友善。《四库提要》云，"齐己五言律诗，虽颇沿武功（姚合）一派，而风格独遒，《剑客》《听琴》《登祝融峰》诸篇，犹有大历以还意。"有《白莲集》。

猿鸟共不到，我来身欲浮。四边空碧落，绝顶正清秋。
宇宙知何极，华夷见细流。坛西独立久，白日转神州。

（齐己《登祝融峰》）

僧贯休姓姜氏，字德隐，婺州兰溪人，钱镠自称吴越国王，休以诗投之曰："贵逼身来不自由，几年勤苦踏林邱。满堂花醉三千客，一剑霜寒十四州。莱子衣裳宫锦窄，谢公篇咏绮霞羞。他年名上凌烟阁，岂羡当时万户侯。"镠谕改为四十州，乃可相见。曰："州亦难添，诗亦难改。然闲云孤鹤，何天而不可飞。"遂入蜀，以诗投王建曰："河北河南处处灾，惟闻全蜀少尘埃。一瓶一钵垂垂老，千水千山得得来。秦苑幽栖多胜景，巴歈陈贡愧非才。自渐林薮龙钟者，亦得亲登郭隗台。"建遇之甚厚，卒客死于蜀。诗与齐己齐名，有《西岳集》。

重叠太古色，蒙蒙花雨时。好山行恐尽，流水语相随。
黑壤生红术，黄猿领白儿。因思石桥月，曾与道人期。

（贯休《春山行》）

杜荀鹤字彦之，石埭人，或以为牧之养子，大顺（昭宗）初，擢进士，官至翰林学士，尝肄业九华山，因自号九华山人。其诗豪放，而时杂俚语，与巧丽、律格两派，自是不同，殆欲追香山、牧之而不能者。顾云序其集，谓可吞贾、喻八九于胸中，贾指贾岛，喻乃喻凫也。有《春宫怨》诗，为时所称，欧阳修以为周朴诗，未可考也。有《唐风集》。

> 早被婵娟误，欲妆临镜慵。承恩不在貌，教妾若为容。
> 风暖鸟声碎，日高花影重。年年越溪女，相忆采芙蓉。
>
> （杜荀鹤《春宫怨》）

罗隐字昭谏，余杭人，隐池之梅根浦，为宰相郑畋所知，畋女爱吟隐诗，后窥其貌陋，遂不复吟。光启（僖宗）中，钱镠辟为节度判官副史，梁祖以谏议召不行。其诗豪放，长七言。与罗邺、罗虬，并号江东三罗，隐名尤著。有《罗昭谏集》。

> 一年两度锦城游，前值东风后值秋。芳草有情皆碍马，好云
> 无处不遮楼。山将别恨和心断，水带离声入梦流。今日不堪回首
> 望，澹烟乔木隔绵州。
>
> （罗隐《绵谷回寄蔡氏昆仲》）

> 梦断南窗啼晓乌，新霜昨夜下庭梧。不知帘外如珪月，还照
> 边城到晓无。
>
> （罗邺《秋怨》）

诗至晚唐，其势已尽，此后承袭诗统者，在词而不在诗，词再传为曲。故五代两宋之词，金元之曲，在其当时之风尚，一如有唐之诗，灿然为一代之花，至同时之所谓诗者，竟莫与焉。此后之诗，均属唐人之旁枝别派，纯由作者之天才与好尚，得其大者为大家，得其小者为小家，即其

高者，亦不过模仿汉魏六朝，故历宋、金、元、明、清，未有能出汉、魏、六朝、唐人之外者。诗学之高下，全恃作者技术之优劣，非有所谓自然之势也。其敝也，分门立户，各有师法，日以模拟古人为能事，而诗学遂不可复问矣。

第十三章　五代小词代诗

五代诗词之递嬗——韦庄——和凝——冯延巳——张泌以次
之作者——花蕊夫人

五代文学之盛，莫过于西蜀、南唐，只以词承诗续，故词兴而诗不
振，一般作者，仍沿晚唐馀习，气格卑弱，无足论也。当时词人如南唐后
主李煜、后蜀主孟昶、韦庄、和凝、冯延巳、张泌、孙光宪……诸家，均
兼工诗，以视其词，则弗如远甚。惟花蕊夫人以宫词艳绝当时，事多珍
密，殊可宝也。此外若陈陶、郑云叟辈，犹是晚唐馀响，七言绝句，绵妙
有佳思，杨诚斋（万里）称晚唐绝句有三百篇遗意，殆指此也。

南唐后主李煜，工小词，艳恻婉丽，冠绝当时，与唐之李白，宋之李
清照，世称词家三李。有《赠宫人庆奴诗》，为世所称。张邦基《墨庄漫
录》曰，"后主书此于黄罗扇上，赐宫人庆奴，实《杨柳枝词》也。"

风情渐老见春羞，到处芳魂感旧游。多见长条似相识，强垂
烟穗拂人头。

（李煜《赠宫人庆奴》）

后蜀主孟昶，擅文词，尝夏夜携花蕊夫人避暑摩诃池，有纪事诗，为

世所称,入词名《木兰花》。

> 冰肌玉骨清无汗,水殿风来暗香满。绣帘一点月窥人,欹枕
> 钗横云鬓乱。起来琼户寂无声,时见疏星度河汉。屈指西风几时
> 来,只恐流年暗中换。
>
> (孟昶《同花蕊夫人避暑摩诃池作》)

韦庄字端己,杜陵人,李询为西川宣谕和协使,辟为判官,以中原多故,依王建,相建为同平章事。端己疏旷不拘小节,小词秀丽,为五代第一,诗亦清婉,有《浣花集》。

> 江雨霏霏江草齐,六朝如梦鸟空啼。无情最是台城柳,依旧
> 烟笼十里堤。
>
> (韦庄《台城》)

和凝字成绩,郓州须昌人,后唐翰林学士,后晋同平章事,后汉太子太傅鲁国公,后周侍中。凝工诗能词,《乐府纪闻》称其艳体,每嫁名于韩偓,以在政府讳之也。有《红叶稿词》,然多杂他人之作。自谓有《香奁簌金》等六集,不行于世,沈存中《笔谈》,直以韩偓《香奁集》为和氏作品,未可考也。

> 珠帘静卷水亭凉,玉芷风飘小槛香。几处按歌齐入破,双双
> 雏燕出宫墙。
>
> (和凝《宫词》之一)

冯延巳字正中,广陵人,著乐章百余阕。南唐词人极众,二主以下,允推第一,有《阳春集词》。其《寿山曲词》六言诗也,陆游《南唐书·本

传》称鸳瓦二句，有元和气象，即指此。

铜壶漏滴初尽，高阁鸡鸣半空。催起五门金锁，犹垂三殿珠栊。阶前御柳摇绿，仗下宫花散红。鸳瓦数行晓日，鸾旗百尺春风。侍臣舞蹈重拜，圣寿南山永同。

（冯延巳《寿山曲》）

张泌南唐内史舍人，入宋为郎中，工小词，诗亦婉丽。

别梦依依到谢家，小廊回合曲槛斜。多情只有春庭月，犹为离人照落花。

（张泌《寄人》之一）

孙光宪南平御史中丞，入宋为黄州刺史，工小词，亦能诗。

菡萏香连十里陂，小姑贪戏采莲迟。晚来弄水船头湿，更脱红裙裹鸭儿。

（孙光宪《采莲》）

花蕊夫人费氏，蜀青城人，以才色事蜀主孟昶，蜀亡入宋，有"四十万人齐解甲，更无一个是男儿"之豪语，太祖极宠之，后以罪赐死。《宫词》百首，极为后人所艳称。王平甫考王恭简所集，云只二十八首，馀无可据。

斗草深宫玉槛前，春蒲如箭荇如钱。不知红药阑干曲，日暮何人落翠钿。
梨园子弟簇池头，小乐携来候宴游。试炙银笙先按拍，海棠花下合梁州。

（花蕊夫人《宫词》之二）

郑云叟好为讽刺诗，虽稍粗俗，而能屏去淫靡。

美人梳洗时，满头间珠翠。岂知两片云，戴却数乡税。

（郑云叟《富贵曲》）

陈陶有写时诗，词意深婉，俨然晚唐馀响。

誓扫匈奴不顾身，五千貂锦丧胡尘。可怜无定河边骨，犹是深闺梦里人。

（陈陶《陇西行》）

至若无名氏等之《杂诗》，婉转动人，又晚唐五代之上品也。

劝君莫惜金缕衣，劝君惜取少年时。花开堪折直须折，莫待无花空折枝。

（无名氏《杂诗》）

近寒食雨草萋萋，著麦苗风柳映堤。等是有家归未得，杜鹃休向耳边啼。

（又一无名氏《杂诗》）

以上所举，多小词名家，所为诗间亦能工，然类多词语，且有直取以入词者。陆游曰："诗至晚唐、五季，气格卑弱，千人一律，惟长短句独精巧高丽，后世莫及。"盖势之所趋，原非人力所能为，而诗词递嬗之迹，则于此可以窥其几矣。

下　卷

第一章　诗势尽后北宋
各派作者之天才（上）

北宋诗人之派别——西昆派与九僧——杨刘——西昆以外之
作者——王禹偁——林逋

两宋诗学，仍不乏佳制，盖其势虽尽，而支分派衍，正未艾也。一般
作者，均任其一己之天才，以习其所好尚，以致派别分歧，此兴彼仆，诗
人之多，作品之富，诚不减盛唐，而亦终不竞。开国之初，杨亿、刘筠、
钱惟演诸公，为诗宗法商隐，而盛称唐彦谦，对偶惟工，用典必奥，时人
效之。号西昆体，此一派也。与杨刘并诗，有王禹偁、徐铉、寇准、魏
野、林逋、潘阆诸大家，亦均以诗名。王、徐学白乐天，号白体。寇、魏
等学晚唐，号晚唐体。皆与西昆一派立异，而其势莫及也。欧阳修《六一
诗话》盛称九僧，或以为九僧之诗，上承晚唐，下启西昆，九僧诗集已
亡，不复可考，今所传惠崇（九僧之一）诗句，亦颇近之。西昆之极，梅
（尧臣）、苏（舜钦）、欧阳（修）起而矫其敝，尚闲远，务平淡，诗风为
之一变，乃说理甚于言情，使事浮于写景。荆公为欧阳所奖进，少后出，
诗亦振拔有理致，此一派也。与欧阳并时者，有夏竦、宋庠兄弟亦能诗，

然数公又非以诗鸣者也。东坡天才豪放，为诗不拘于字句之推敲，故其语一出，如奔涛骇浪而不可遏止，至其佳者，可忆而数，此无他，过用其才故也。山谷为苏门六君子（黄庭坚、秦观、晁补之、张耒、陈师道、李荐）之一，其诗之气味风格，多渊本东坡，故世称苏黄。惟喜用故实，语尚拗矫，人多病之。吕本中取以为江西宗派主，列陈师道以下二十五人，诗法相传，皆出山谷，此又一派也。韩驹列入《宗派图》中，而心议其非。（驹于《宗派图》有异议）陈与义以晚出，又未及入。（靖康以后，北宋诗人，凋零殆尽，唯与义独存）二家之诗，与江西派固相类也。宋人于诗，每自谓效法唐人，实则皆为摹唐而成之宋人体。刘后村以为宋诗远胜于唐，有是理钦。

杨亿字大年，浦城人，以工文章诗享盛名，诗宗商隐，词取妍华，时人效之，号西昆体。西昆之名，倡于杨亿，而和之者，有刘筠、钱惟演、李宗谔、陈越、李维、刘骘、刁衎、任随、张咏、钱维济、丁谓、舒雅、晁迥、崔遵度、薛映、刘秉等十七人，有《西昆唱酬集》二卷，皆近体。西昆者，亿序以为取玉山策府之名也。

> 寒风易水已成悲，亡国何人见黍离。枉是荆王疑美璞，更令杨子怨多歧。边筹暮应三挝鼓，楚舞春临百子池。未抵索居愁翠被，圆荷清晓露淋漓。
>
> （杨亿《咏泪》）

刘筠字子仪，能文章，以理为宗，尤工篇咏，与杨亿、钱惟演并主西昆。欧阳修曰："杨大年与钱、刘数公唱和，诗体一变，而先生老辈，患其多用故实，至于语僻难晓，殊不知自是学者之敝。如子仪《新蝉》云'风来玉宇乌先转，露下金茎鹤未知。'虽用故事，何害为佳句。又如'峭帆横渡官桥柳，叠鼓惊飞海岸鸥。'不用故事，又岂不佳。"此欧公于前人作恕辞也。

含酸茹叹几伤神，呜咽交流互满巾。建业江山非故国，灞陵
风雨又残春。虞歌决别知亡楚，燕酒初酺待报秦。欲诉青天锁积
恨，月娥孀独更愁人。

（刘筠《咏泪》）

钱惟演字希圣，杭州临安人，文辞清丽，与杨、刘并倡西昆。守西都
时，欧阳修在其幕中，载酒寻山，风雅为一时冠，其高旷诚有足多者。

家在河阳路入秦，楼头相望只酸辛。江南满目新亭晏，旗鼓
伤心故国春。仙掌倚天频滴露，方诸待月自涵津。荆王未辨连城
价，肠断南州抱璧人。

（钱惟演《咏泪》）

王禹偁字元之，济川钜鹿人，太平兴国进士，历官礼部员外郎，与宰
相李沆不合，出知黄州，徙蕲州卒，年四十五。与潘阆交好甚密。诗学李
杜而涉乐天之域。《示子诗》云："本与乐天为后进，敢期子美是前
身。"即是此意。时西昆方盛，元之独能立异，开有宋风气之先，虽势有
莫逮，而欧阳修等得以承流接响。有《小畜集》。

云里寒溪竹里桥，野人居处绝尘嚣。病来芳草生鱼艇，睡起
残花落酒瓢。闲把道书寻晚径，静携茶鼎洗春潮。长洲懒吏频过
此，为爱盘餐有药苗。

（王禹偁《题张处士溪居》）

　　寇准字平仲，华州下封人，年十九，举进士，太宗尝以拟唐之魏徵，出入宰相三十年，不营私第，处士魏舒赠诗有"有官居鼎鼐，无地起楼台"之句。善诗人魏野。《江南春》诗，最为人所称咏。有《寇莱公诗集》。

　　　　波渺渺，柳依依。孤村芳草远，斜日杏花飞。江南春尽离肠断，苹满汀州人未归。

（寇准《江南春》）

　　林逋字君复，钱塘人，少孤力学，不为章句，结庐西湖之孤山，二十年足不及城。尝泛小艇，浮西湖诸寺，客至，童子开笼纵鹤，逋即掉船而归。性喜梅，好赋诗，有"疏影横斜水清浅，暗香浮动月黄昏"句，为世所称。诗孤澹清逸，一如其人，在北宋初自成一家，卒谥和靖。有《林和靖诗集》。

　　　　水痕秋落蟹螯肥，闲过黄公酒舍归。鱼觉船行沉草岸，犬闻人语出柴扉。苍山半带寒云重，丹叶疏分夕照微。却忆清溪谢太傅，当时未解惜蓑衣。

（林逋《秋日湖西晚归舟中书事》）

　　王禹偁以疏放矫西昆，在宋初诗人中，自是具有卓见，林逋又以描写山林景致，独标奇格，更与西昆一派立异，唯当时好者未众，故其势莫振。徐铉诗文，在宋初诸家之上，有《骑省集》。铉为五代遗贤，其诗更不涉宋人涯涘。迨苏、梅出，而诗风为之一变。

第二章　诗势尽后北宋
各派作者之天才(中)

西昆派之反动——苏梅——石延年——欧王——郭功甫以次
之作者——庆历之际为有宋文运拓新之初期

自石介作《怪说》以诋杨亿，而西昆始稍杀其势。苏（舜钦）、梅（尧臣）变法，诗体一变。欧阳修初为钱惟演推官，庆历（仁宗）间，为一代文宗，乃为诗尊苏梅，极诋西昆之非，西昆至此，遂一蹶不复振矣。

苏舜钦字子美，梓州人，范仲淹荐其才，召试为集贤校理，后为湖州长史，卒年四十一。尝废居苏州，买水石作沧浪亭，号沧浪翁。其为诗以奔放豪健为主，力矫西昆声偶之习。刘后村称其歌诗雄于圣俞，轩昂不羁，如其为人。及蟠屈为吴体，则极平易。有《苏学士集》。

院僻帘深昼景虚，轻风时见动竿乌。池中绿满鱼留子，庭下阴多燕引雏。雨后看儿争坠果，天晴因客曝残书。幽栖未免牵尘事，身世相忘在酒壶。

（苏舜钦《夏中》）

春阴垂野草青青，时有幽花一树明。晚泊孤舟古祠下，满川风雨看潮生。

(苏舜钦《绝句》)

梅尧臣字圣俞，宣城人，人称宛陵先生，初为钱惟演所知，仁宗朝，召试进士，官都官员外郎。其为诗初喜清丽。久则闲远平淡，自成一家。龚啸云："去浮靡之习于西昆极弊之际，存古淡之道于诸家未起之先。"与子美世称苏梅。欧阳修曰："圣俞、子美齐名于一时，而二家诗体特异，子美笔力豪俊，以超迈横绝为奇，圣俞覃思精微，以深远闲淡为意，各极其长，虽善论者，不能优劣也。"有《梅宛陵集》。

淮南木叶惊，淮上使君行。天外高帆出，沙头候吏迎。夜潮通废堰，秋月满孤城。正迟文翁化，从来楚俗轻。

(梅尧臣《魏屯田知楚州》)

行到东溪看水时，坐临孤屿发船迟。野凫眠岸有闲意，老树着花无丑枝。短短蒲茸齐似剪，平平沙石净于筛。情虽不厌住不得，薄暮归来车马疲。

(梅尧臣《东溪》)

石延年字曼卿，永城人，诗名与苏梅相埒，雄豪而缜密。石介作《三豪诗》，谓欧阳修豪于文，延年豪于诗，杜默豪于歌也。官太子中允，尝进备边策不报，已而四方兵起，仁宗思其言，欲召用之，则已死矣。有"乐意相关禽对语，生香不断树交花"之句，为时所称，惜不见全集。

十年一梦花空委，依旧山河损桃李。雁声北去燕西飞，高楼日日春风里。眉北石洲双对起，汾河不断天南北，天色无情淡如水。

（石延年《平阳作代意寄师鲁》）

欧阳修字永叔，庐陵人，举进士试南宫第一，擢甲科，与尹洙游，为古文，与梅尧臣游，为诗歌相唱和，开有宋文学之新局，遂以文名冠天下。晚年退休颍水上，自号六一居士，卒谥文忠。欧公诗慕退之，而时涉婉丽。《四库提要》曰："宋初诗文，尚沿唐末五代之习，柳开穆修欲变文体，王禹偁欲变诗体，皆力有未逮。欧阳修崛起为雄，力复古格，于时曾巩、三苏、陈师道、黄庭坚等，皆尚未显，其佐修以变文体者，尹洙，佐修以变诗体者，则梅尧臣也。"尤自负其《庐山高》《明妃曲》二诗，尝曰："吾诗《庐山高》今人莫能为，惟李太白能之，《明妃曲》后篇太白不能为，惟杜子美能之，至于前章，则子美亦不能为，惟吾能之也。"（以上据《石林诗话》。按胡仔《苕溪渔隐丛话》引宋《名臣传》，所录公语，谓《庐山高》唯韩愈可及，《明妃曲》前篇韩愈不可及，杜甫可及，后篇李白可及，杜甫不可及。与《石林诗话》所记不同。）有《欧阳文忠集》。

胡人以鞍马为家，射猎为俗，泉甘草美无常处，鸟惊兽骇争驰逐。谁将汉女嫁胡儿，风沙无情面如玉。身行不遇中国人，马上自作思归曲。推手为琵却手琶，胡人共听亦咨嗟。玉颜流落死天涯，琵琶却传来汉家。汉宫争按新声谱，遗恨已深声更苦。纤纤女手生洞房，学得琵琶不下堂。不识黄云出塞路，岂如此声能断肠。

汉宫有佳人，天子初未识。一朝随汉使，远嫁单于国。绝色天下无，一失难再得。虽能杀画工，于事竟何益。耳目所及尚如此，万里安能制夷狄。汉计诚已拙，女色难自夸。明妃去时泪，

洒向枝上花。狂风日暮起，飘泊落谁家。红颜胜人多薄命，莫怨
春风当自嗟。

（欧阳修《明妃曲》）

宋祁字子京，雍邱人，与兄庠并负文名，时称大小宋。祁文章之外，
兼工诗词，尝过御街逢内家车子，有搴帷而呼小宋者，祁为作《鹧鸪天
词》，后传达禁中，仁宗即以前宫娥赐之。有《宋景文公集》。

坠素翻红各自伤，青楼烟雨忍相忘。将飞更作回风舞，已落
犹成半面妆。沧海客归珠迸泪，章台人去骨遗香。可能无意传双
蝶，尽付芳心与蜜房。

（宋祁《落花》）

王安石字介甫，临川人，欧阳修为之延誉，擢进士第，熙宁（神宗）
初，始入朝拜参知政事，封荆国公。荆公于经术文章之外，兼工韵语，诗
高旷如其人，晚年尤精妙，宋人诗多喜铺陈，荆公亦不能免。黄山谷曰：
"荆公暮年作小诗，雅丽精绝，脱去尘俗，每讽咏之，便觉沆瀣生牙龄
间。"尤好集句。晚年卜居钟山谢公墩，自山距城适相半，谓之半山。有
《王荆公诗集》。

明妃初出汉宫时，泪湿春风鬓脚垂。低回顾影无颜色，尚得
君王不自持。归来却怪丹青手，入眼平生未曾有。意能由来画不
成，当时枉杀毛延寿。一去心知更不归，可怜着尽汉宫衣。寄声
欲问塞南事，只有年年鸿雁飞。家人万里传消息，好在毡城莫相
忆。君不见咫尺长门闭阿娇，人生失意无南北。
明妃出嫁与胡儿，毡车百两皆胡姬。含情欲语独无处，传与

琵琶心自知。黄金捍拨春风手，弹看飞鸿劝胡酒。汉宫侍女暗垂泪，沙上行人却回首。汉恩自浅胡自深，人生乐在相知心。可怜青冢已芜没，尚有哀弦留至今。

（王安石《明妃曲》）

袁世弼，南昌人，为诗慕韦应物，而遒丽奇壮过之，自号遁翁。极为荆公所称赏。尝为郭功父手写所赋诗一轴，卒年三十四，自作墓铭，有诗文十卷，号《遁翁集》。

方山忆共泛金船，屈指于今五六年。风送梨花吹醉面，月和溪水上归鞯。

浮生聚散应难料，末路穷通尽偶然。欲问故人牢落事，麀裘深入白云眠。

（袁世弼《赠郭功父》）

郭祥正字功父，幼为袁世弼所知，以其才荐于梅圣俞，圣俞《采石月赠功父》诗，有"采石月下访谪仙"句，人以为太白后身，缘此有名。荆公尤称其《金山行》。尝与荆公登金陵凤凰台，追次太白韵，援笔立成，一座尽倾。晚与东坡游。有《青山集》。

高台不见凤凰游，浩浩长江入海流。舞罢青娥同去国，战残白骨尚盈丘。风摇落日吹行棹，潮拥新沙换故洲。结绮临春无处觅，年年荒草向人愁。

（郭祥正《凤凰台诗》）

贺铸字方回，工词能诗，以题《定林寺诗》为荆公所称赏，缘此知名。《望夫石》《登快哉亭》诸篇尤佳。有《庆湖遗老集》。

> 经雨轻蝉得意鸣，征尘断处见归程。病来把酒不知厌，梦后倚楼无限情。鸦带斜阳投古刹，草将野色入荒城。故园又负黄华约，但觉秋风鬓上生。
>
> （贺铸《病后登快哉亭》）

庆历之际，为有宋文运拓新之初期，诗学之盛，虽尚不能媲美元祐，而大家接踵，已臻盛境。梅、苏、欧、王之外，如韩琦、范仲淹、夏竦、韩维诸公，均有诗传世，韩琦之《南阳集》，韩维之《安阳集》，尤多佳制，惟均不以诗名耳。

第三章　诗势尽后北宋
各派作者之天才（下）

元祐诗人之众多与宋诗之局变——苏黄——苏黄二家与江西宗派——苏门诸子——陈师道以次之作者——陈与义——江西一派独为后世宗法

元祐（哲宗）诗人，以苏轼享名为最盛，其才思横溢，如泻东海之水，韩文公后，一人而已。黄庭坚、秦观、张耒、晁补之，均出其门，时称苏门四学士。四学士均能诗，惟山谷名与东坡埒，至其体格，则又自成一家，所谓江西派者宗之。陈师道自谓学法山谷，颇能得其仿佛，宋末方回撰《瀛奎律髓》，于江西派倡为一祖三宗，一祖杜甫，三宗黄庭坚、陈师道、陈与义，总之，诗至山谷、后山，宋诗一大变局也。刘后村曰："国初诗人，格拟晚唐，杨、刘又专为昆体，至梅、苏始稍变以平淡，六一、坡公，巍然大家，山谷稍后出，荟萃百家句律之长，极历代体制之变，作为古律，自成一家，虽只字半句不轻书，为本朝诗家之祖。"吕居仁自言传江西衣钵，作《宗派图》，自山谷以降，列陈师道、潘大临、谢逸、洪刍、饶节、僧祖可、徐俯、洪朋、林敏修、洪炎、汪革、李锜、韩驹、李彭、晁冲之、江端本、杨符、谢薖、夏倪、林敏功、潘大观、何凯、王直方、僧善权、高荷合等二十五人，而以己为之殿。所称二十五人，有诗传世而为人所称道者，仅有数人，名列《宗派图》中之韩驹，且以为不当，其选取未精，固不待辩也。

苏轼字子瞻，眉山人，父洵，弟辙，时号三苏。嘉祐（仁宗）二年，试礼部，为欧阳修所识拔。初贬黄州，筑室东坡，自号东坡居士。旋贬惠州，泊然无芥蒂。再贬儋耳，乃与幼子过著书以为乐。建中（徽宗）初，卒于常州，谥曰文中。公天才豪放，每自谓作文如行云流水，故其诗词文章，浩潮无涯涘。南迁后，精神华妙，无一毫衰惫气。黄山谷曰："东坡岭外文字，读之使人耳目聪明，如清风自外来也。"陈后山曰："东坡诗始学刘禹锡，故多怨刺，晚学太白，又失于粗，以其得之易也。"有《苏东坡诗集》。

少年不愿万户侯，亦不愿识韩荆州。颇愿身为汉嘉守，载酒时作凌云游。虚名无用今白首，梦中却到龙泓口。浮云轩冕何足言，惟有江山难入手。峨眉山下半轮秋，影入平羌江水流。谪仙此语谁解道，请君见月时登楼。笑谈万事真何有，一时付与东岩酒。归来还受一大钱，好意莫违黄发叟。

（苏轼《送张嘉州》）

扫地焚香闭阁眠，簟纹似水帐如烟。客来梦觉知何处，挂起西窗浪接天。

（苏轼《南堂》）

秦观字少游，一字太虚，高邮人，举进士不中，苏东坡以为有屈宋才，乃介其诗于王安石，安石亦谓清新婉丽似鲍谢，勉以应举，始登第。尤工长短句，为北宋词人之健者。渡岭后，诗格一变。有《淮海集》。

　　画舫珠帘出绕墙，天风吹到芰荷乡。水光入座杯盘莹，花气
侵人笑语香。翡翠侧身窥绿酒，蜻蜓偷眼避红妆。葡萄力缓单衣
怯，始信湖中五月凉。

（秦观《游鉴湖》）

　　晁补之字无咎，钜野人，东坡通判杭州，补之年甫十七，随父端友宰
杭之新城，轼见所作《钱塘七述》，大为称赏，由是知名。补之小诗新丽
有逸致。胡仔《苕溪渔隐丛话》则极称其古乐府。有《鸡肋集》。

　　驿后新篱接短墙，枯荷衰柳小池塘。倦游到此忘行路，徙倚
轩窗看夕阳。

（晁补之《题谷熟驿舍》）

　　张耒字文潜，淮阴人，从东坡游，弱冠第进士，兼工诗文，诗尤奇
逸，晚年学白乐天，务为平淡，乐府则学张籍。时二苏、晁、黄相继殁，
耒独为一时文宗。有《宛邱集》。

　　流光向老惜芳菲，搔首悲歌心事违。绿野染成延昼永，乱红
吹尽放春归。荆棘废苑人闲牧，风雨空城鸟夜飞。断送一翻桃李
尽，可怜桑柘有光辉。

（张耒《春日遣兴》）

　　黄庭坚字鲁直，洪州人，举进士，东坡见其诗文，以为超轶绝尘，独
立万物之表，由是名大振，与东坡并称苏黄。山谷诗本渊源唐人格律一
派，而能自出机杼，遂至别成一家，为后世言宋诗者之祖。七律尤精妙。

尝游灊皖山谷寺石牛洞，乐其林泉之胜，因自号山谷，又号涪翁，有《黄山谷诗集》。

> 凌波仙子生尘袜，水上轻盈步微月。是谁招此断肠魂，种作寒花寄愁绝。含香体素欲倾城，山矾是弟梅是兄。坐对真成被花恼，出门一笑大江横。

（黄庭坚《王充道送水仙花诗》）

> 我居北海君南海，寄雁传书谢不能。桃李春风一杯酒，江湖夜雨十年灯。治家但有四壁立，治病不蕲三折肱。想得读书头已白，隔溪猿哭瘴溪藤。

（黄庭坚《寄黄几复》）

陈师道字履常，一字无己号后山，彭城人，初学于曾南丰，后见山谷诗，诗格一变。山谷称其诗得老杜之法，非冥搜旁引，不能通其意。吕本中选江西宗派，即使之以嗣山谷。后山一生清苦。尝宿斋宫骤寒，或送绵半臂，却之不服，竟感疾而终。有《陈后山诗集》。

> 断墙著雨蜗成字，老屋无僧燕作家。剩欲出门追笑语，却嫌归鬓著尘沙。风翻蛛网开三面，雷动蜂窝趁两衙。屡失南邻春事约，只今容有未开花。

（陈师道《春怀示邻里》）

谢逸字无逸，临川人，工诗能文，黄山谷读其诗曰："晁，张流也。"与淮南诗人潘邠老相善，二公皆老死布衣，论者惜之。吕本中取以入江西宗派。有《溪堂集》。

处士骨相不封侯，卜居但得林塘幽。家藏玉唾几千卷，手校
韦编三十秋。相知四海孰青眼，高卧一庵今白头。襄阳耆旧节独
苦，只有庞公不入州。

（谢逸《寄隐居士诗》）

韩驹字子苍，蜀仙井监人，从苏辙学，辙称其诗似储光羲。政和（徽
宗）中进士，南渡初知江州。吕本中取以入江西宗派，而驹于江西派持异
议。有《陵阳集》。

北风吹日昼多阴，日暮拥阶黄叶深。倦鹊绕枝翻冻影，飞鸿
摩月堕孤音。推愁不去如相觅，与老无期稍见侵。顾藉微官少年
事，病来那复一分心。

（韩驹《冬日诗》）

陈与义字去非，号简斋，汝州叶县人，学诗于崔德符，思力沉挚，能
自辟一径。刘后村曰："元祐以后，诗人迭起，不出苏、黄二体，简斋始
以老杜为师。"方回则并山谷、后山，同称三宗，盖亦黄、陈之流亚也。
靖康（钦宗）以后，北宋诗人，零落殆尽，唯与义为文章宿老，卒年四十
九。有《陈简斋诗集》。

涨水东流满眼黄，泊舟高舍更情伤。一川木叶明秋序，两岸
人家共夕阳。乱后江山原历历，世间歧路极茫茫。遥指长沙非谪
去，古今出处两凄凉。

（陈与义《舟次高舍书事》）

当时浮屠能诗者甚众，惠洪、参寥、祖可、善权……先后均享盛名，尤以船子和尚之《偈诗》为最佳。

千尺丝纶直下垂，一波才动万波随。夜静水寒鱼不食，满船空载月明归。

（船子和尚《偈诗》）

北宋仁宗以后七十年间，为文学极盛时期，名家辈出，不可以备举，然多以能词享盛名，惟江西一派独为后世宗法。《宗派图》中除黄、陈、谢、韩外，洪朋有《洪龟父集》，谢薖有竹友集，吕本中有《东莱集》，馀皆不可得。本中字居仁，诗奇逸有高致。《渔隐丛话》所称"树移午影重帘静，门闭春风十日间"。洵佳句也。兹并及之。

第四章　南宋四大家与永嘉四灵（上）

南宋诗人之派别——范杨尤陆四大家——四大家使宋诗解放
成一新局——萧千岩——姜夔——戴石屏以次之作者

南宋诗人，尤多沿江西馀习，惟所称范（成大）、杨（万里）、尤
（袤）、陆（游）四大家者。则卓然无所依傍。四大家诗，本得法于曾茶山
（几），茶山诗效山谷，以江西苗裔，而能脱卸其羁绊，使宋诗解放成一新
局，亦难能而可贵也。降及中叶，独称永嘉四灵，四灵诗效晚唐，其意盖
欲一矫江西，惟取法不高，致有失琐屑，然置之姚（合）、贾（岛）集
中，不能辨也。迨严羽出，始极端复古，诋四灵诗以为只入声闻辟支之
果，其沧浪论诗必使人以汉、魏、盛唐为师，不可作开元、天宝以下人
物，历来论诗者，鲜有其高妙，及读其诗，亦殊少警拔，此其所谓诗有别
才，非关学者欤。理宗而后，国势日促，当时诗人，如刘克庄、方岳、真
山民、汪元量、谢翱、陆壑、林景熙……辈，亦均享盛名，惟以外患侵
逼，多好为激楚之音，文文山国亡不屈，诗尤恻厉，遂一洗前人猥屑之
习，而趋于傲兀，秋后黄花，亦愈见其高致也。

范成大字致能，吴郡人，绍兴（高宗）进士，与杨万里、陆游、尤袤
号南宋四大家。其诗初效晚唐，后溯苏、黄遗法，惟不落其窠臼，故清新
妩媚，能自成一家。所居石湖，在太湖之滨，有《石湖诗集》。

忆随书剑此徘徊，投老双旌重把杯。绿鬓风前无几至，黄花雨后不多开。丰年江陇青黄遍，落日淮山紫翠来。饮罢此身犹是客，乡心却附晚潮回。

（范成大《重九赏心亭登高》）

杨万里字廷秀，吉州吉水人，绍兴进士，以正心诚意之学，号其室曰诚斋。其诗自序，始学江西，既学后山五字律，又学半山七字绝句，晚乃学唐人绝句，后官荆溪，遂谢去前学，而自为诚斋体，焚其少作千余篇，然往往失于粗豪，为人所短，卒年八十三。有《诚斋诗集》。

城南前江后山址，竹斋正对寒江启。不嫌渔火乱书灯，只恐橹声惊睡美。平生刺头钻故纸，晚知此事无多子。从渠散漫汗牛书，笑倚江枫弄江水。

（杨万里《题唐德明建一斋》）

陆游字务观，越州山阴人，初为秦桧所忌，桧死始出，召见赐进士，范成大帅蜀，游为参议官，自号放翁，卒年八十五。其诗浩瀚，为南宋一大家。清《四库提要》曰："游诗法传自曾几，而所作《吕居仁集序》，又称原出居仁，二人皆江西派也。然游诗清新刻露，而出以圆润。能自辟一宗，不袭黄、陈之旧格。"平生诗多至万余首，尤善为悲壮。有《剑南诗集》。

世味年来薄似纱，谁令骑马客京华。小楼一夜听春雨，深巷明朝卖杏花。矮纸斜行闲作草，晴窗细乳戏分茶。素衣莫起风尘叹，犹及清明可到家。

（陆游《临安春雨初霁》）

萧千岩字东夫，诚斋弟子，诗工致而峭利，诚斋序《千岩摘稿》曰：
"余尝论近世之诗人，若范石湖之清新，尤梁溪之平淡，陆放翁之敷腴，
萧千岩之工致，皆余之所畏者。"尤梁溪则又为高古。

　　半夜新春入管城，平明铜雀绿苔生。浮澌把断东风路，诉与
青州借援兵。

（萧千岩《立春》）

姜夔字尧章，居苕溪与白石洞天为邻，号白石道人，其诗琢句精工，
清淡有逸致，尤、杨后一大家也。尤工长短句，为范成大所知。有《姜白
石集》。

　　细草穿沙雪半销，吴宫烟冷水迢迢。梅花竹里无人见，一夜
吹香过石桥。
　　千门列炬散林鸦，儿女相思未到家。应是不眠非守岁，小窗
春色入灯花。

（姜夔《除夜自石湖归苕溪》）

戴复古字式之，天台黄岩人，放翁弟子，居南塘石屏山，因号石屏。
石屏少笃于诗，又好游览，故其诗轻快，不加斧斲，以诗鸣海内者五十
年。有《石屏诗》。

　　江头落日照平沙，潮退鱼舠阁岸斜。白鸟一双临水立，见人
惊起入芦花。

（戴复古《江村晚眺》）

四大家中，尤袤之《梁溪集》已佚，不可考，今所传为尤侗所辑，篇什寥寥，殊未足定其高下。杨诚斋称其诗以平淡为工，举所作"去年江南荒，趋逐过江北，江北不可住，江南归未得"等句以实之，亦颇近似。袤字延之，梁溪其号也。

第五章　南宋四大家与永嘉四灵(中)

永嘉四灵与严沧浪之复古——四灵——四灵之诗一洗宋人长篇论理之习——严沧浪与沧浪诗话

永嘉四灵，诗效晚唐，在四大家后，独标一帜。赵汝回称其以元和作者自命，置之姚、贾中，人不能辨也。四灵皆叶适门人，适为诗，独近晚唐，且与江西立异，四灵为此，其渊源固如是也。迨沧浪论诗，尤极端复古，以其妙于造语，故颇能影响一世，而江西派之势力，至此乃愈坠。

徐照字道晖（一字灵辉）永喜人，号山民，诗学姚、贾，独工清瘦。叶适《道晖墓志》称，“其诗数百，琢思尤奇，横绝欻起，冰悬雪跨，使读者变掉慘栗，肯首吟叹，不能自己，然无异语。”早卒。有《芳兰轩诗集》。

> 一派从天下，曾经李白看。千年流不尽，六月地长寒。
> 洒水跳微沫，冲崖作怒湍。人言深碧处，常有老龙盘。
>
> （徐照《石门瀑布》）

徐玑字文渊（一字灵渊），从晋江迁永嘉，官建安主簿龙溪丞，卒年五十九。唐诗既废，玑乃与其友人四灵议曰，“昔人以浮声切响单字只句计巧拙，盖风骚之至精也，近世乃连篇累牍，汗漫而无禁，岂能名家哉。"四人之语，遂极工，唐体由此复行。有二《薇亭诗集》。

> 凭高散幽策，绿草满春坡。楚野无林木，湘山似水波。
> 客怀随地改，诗思出门多。尚有溪西寺，斜阳未得过。
>
> （徐玑《凭高》）

翁卷字灵舒。永嘉人，四灵之一也，徐照之称灵晖，徐玑之称灵渊，赵师秀之称灵秀，均以此。诗清而多胜语。有《苇碧轩诗集》。

> 不奈滴檐声，风回昨夜晴。一阶春草碧，几片落花轻。
> 知分贫堪乐，无营梦亦清。看君话幽隐，如我愿逃名。
>
> （翁卷《春日和刘明远》）

赵师秀字紫芝。永嘉人，四灵惟师秀登科，改官亦不显。善为五言律。尝曰，"幸止有四十字，更增一字，吾未如之何矣。"有《清苑斋诗集》。

> 幽人爱秋色，只为属吟情。一片叶初落，数联诗已清。
> 瘦便藤杖细，凉觉葛衣轻。门外萧萧径，今年菊自生。
>
> （赵师秀《秋色》）

严羽号沧浪，诗人中之善于批评者。所著《沧浪诗话》，极论诗之能事。其言曰："诗有别才，非关书也，诗有别趣，非关理也，而古人未尝不读书，不穷理，所谓不涉理路，不落言筌者，上也。诗者，吟咏性情也，盛唐诗人，惟在兴趣，羚羊挂角，无迹可求，故其妙处，莹彻玲珑，不可凑泊，如空中之音，相中之色，水中之月，镜中之象，言有尽而意无穷。近代诸公，作奇特解会，以文字为诗，以议论为诗，以才学为诗，以是为诗，夫岂不工，盖于一唱三叹之音，有所歉焉。"是数语，颇能道着唐人好处，亦极能道著宋人坏处，惟必使人作盛唐以上人物，则不可能，即所自为，亦徒得唐人体态，势之所趋，固非才力之所能为也。有《严沧浪集》。

> 昨在南昌府，清游不可穷。杯行江色里，棹进月明中。
> 楼笛吹晴雪，菱歌漾晚风。坐来怀旧迹，万里亦飘蓬。
>
> （严羽《怀南昌旧游》）

四灵于江西势力之下，首倡复古，乃取法仅及晚唐，诚不免破碎尖酸之病，至其清捷，实能一矫宋人长篇论理之陋习。江湖诗人，多效其体，自谓唐宗，其风靡可知也。沧浪继起，设语尤高，论者以其论江西诗病，如直取心肝刽子手，信夫。

第六章　南宋四大家与永嘉四灵（下）

　　　宋逸民之诗体——刘克庄——文天祥——谢翱方凤与月泉诗
社——林景熙以次之作者——宋人诗话

　　宋末诗人，独卓然可纪，诗亦振拔有奇气，刘克庄、文天祥均其著者。国亡之后，逸老多散处东南，宋义乌令浦阳吴渭，约诸乡老创月泉诗社，延谢翱、方凤主其事，当时作者，多至二千七百余人，王渔洋称其诗，"清新尖刻自成一家"，时已元至元（世祖）二十四年也。特表而出之，以结宋诗之局。

　　刘克庄字潜夫，号后村，莆阳人，学于真西山，四灵盛行，后村年甚少，刻琢精丽，与之并驱，已而厌之，谓诸人极力驰骤，才望见贾岛、姚合之藩篱而已。乃自为新体，然格亦不甚高。初官建阳令，以咏《落梅诗》为谗者所中，闲废十载。有《后村诗集》。

　　　　儿时逃学频来此，一一重寻尽有踪。因漉戏鱼群下水，缘敲
　　　响石斗登峰。孰知旧事惟怜叟，催去韶华是暮钟。毕竟世间何物
　　　寿，寺前雷仆百年松。

　　　　　　　　　　　　　　　　　　　　　　　（刘克庄《乌衣山》）

文天祥号文山，吉水人，国亡不屈，大节凛然，故其诗激昂慷慨，极纵横之能事，《厓山诗》尤为后人所称赏。有《文山诗钞》。

长平一坑四十万，秦人欢忻赵人怨。大风扬沙水不流，为楚者乐为汉愁。兵家胜负常不一，干戈纷纷何时毕。必有天吏将明威，不嗜杀人能一之。我生之初尚无疚，我生之后遭阳九。厥角稽首二百州，正气扫地山河羞。身为大臣义当死，城下师盟愧牛耳，间关归国洗日光，白马重拜不敢当。出师三年劳且苦，咫尺长安不可睹。非无虓虎士如林，一日不戒为人擒。楼船千艘下天角，两雄相遭相喷薄。古来何代无战争，未有锋猬交沧溟。游兵日来复日往，相持一月为鹬蚌。南人志欲复昆仑，北人气欲河带吞。一朝天昏风雨恶，炮火雷飞箭星落。谁雄谁雌顷刻分，流尸浮血洋水浑。昨朝南船满岸崖，今朝止有北船在。夜昨雨边桴鼓鸣，今夜船船鼾睡声，北军去家八千里，椎牛酾酒人人喜。唯有孤臣泪雨垂，明明不敢向人啼。六飞杳霭知何处，大水茫茫隔烟雾。我期借剑斩佞臣，黄金横带为何人。

（文天祥《厓山诗》）

方岳字巨山，号秋崖，为诗刻意入妙，国亡之后，放意山水，尤多故国之思。有《方秋崖诗集》。

老笔盘空墨未干，最佳处与着危栏。江山分与诸贤管，风雨专为九日寒。白发自惊秋节序，黄花曾识晋衣冠。未须计较明年健，别做茱萸一等看。

（方岳《九日集清凉佳处》）

谢翱字皋羽，号晞发子，福之长溪人，诗文奇傲，一扫宋季之庸音。古诗颉颃韩（愈）、黄（庭坚），一时诗人，无出其右者。有《晞发集》。

空园久闭无人住，城乌应入巢其树。食尽满园绿荔枝，引雏飞去人始知。

（谢翱《故园秋日》）

林景熙字德阳，号霁山，温之平阳人，时当国破，故多凄怆故旧之作。与谢翱齐名，谢诗奇崛，林诗幽婉。有《白石巷诗。》

乾坤万事上眉端，寂历东风独倚栏，白发馀春能几醉，绿阴细雨不多寒。香飘苔径花谁惜，影落沙泉鹤自看。碧眼野僧知我意，素琴携就竹西弹。

（林景熙《春暮》）

汪元量字大有，钱塘人，以善琴事谢后王昭化，宋亡，随三宫留燕，后为黄冠南归。其诗多记国亡北徙事，与文丞相狱中唱和，怆恻动人，如《湖州歌》等作，皆记实也，世称诗史。有《水云诗集》。

一出官门上画船，红红白白艳神仙。山长水远愁无那，又见江南月上弦。

晓鬟鬌松懒不梳，忽听人说是南徐。手中明镜抛船上，半揭篷窗看打鱼。

（汪元量《湖州歌》之二）

李东阳曰："唐人不言诗法，诗法多出宋，而宋人于诗无所得。所谓法者，不过一字一句对偶琢雕之工，而天真兴致，则未可与道，其高者失之捕风捉影，而卑者坐于黏皮带骨，至于江西诗派极矣。惟严沧浪所论，超离尘俗，真若有所自得，反复譬说，未尝有失，顾其所自为，徒得唐人体面，而亦极少超拔警策之处，予尝谓识得十分，只做得八九分，其一二分乃拘于才力，其沧浪之谓乎。"东阳之论，于宋诗及宋人之说诗者，均能切中其病。宋人说诗者，固甚多，然均不过能举前人一二字句之长短者，便自炫以为高。惟胡仔之《苕溪渔隐丛话》，魏庆之之《诗人玉屑》，取材较富，尤袤之《全唐诗话》，葛立方之《韵语阳秋》，多储史料，其余均拘拘一人一诗之短长，无足取也，《历代诗话》于宋人诗话，多所采辑，不具录。

第七章　诗学降落中辽金两代
之朔角孤星

辽诗不传与金诗之独盛——十香词——吴蔡——党赵——元
好问——王庭筠宇文虚中以次之作者——金代诗人与中州集

辽、金树国北方，并为宋患，辽诗不传，金诗独多可纪，且有上凌
唐、宋，下视元、明，彪炳一代之大家元遗山者，亘绝于其中，使久已寂
寞之诗世界，顿然大地光明，祥彩焕发，诚一代文学之奇运也。

辽诗存者，惟道宗宣懿皇后诗词数首及无名氏《十香词》而已。（今
人所辑《全辽诗》四卷，则未见刊本。）后小字观音，枢密使惠少女，姿
容冠绝，工诗词，善琵琶，宫婢单登等诬其与人私，诏耶律乙辛等勘之，
赐后自尽。王鼎《焚椒录》云："后以重熙九年五月生，清宁元年十二月
册为后，生太子濬，上好猎，后上疏切谏，遂见疏。"后作《回心院词》，
诸伶无能演为曲者，惟赵惟一能焉。宫婢单登亦善筝琵琶，与惟一争宠
技，皆出后下，遂怨后。登妹清子，嫁为教坊朱顶鹤妻，知北院，赵王耶
律乙辛昵之，登每诬后与惟一私，乙辛乃取他人作《十香淫词》使登乞后
书，登绐后为宋人忒里蹇作，后书竟，竟缀己所作《怀古》一绝。乙辛命
登与鹤赴北院首其事，复密奏以闻，上大怒，诘后，后哭辩，上出《十香

词》，后曰："此单登乞妾书，且国家无亲蚕事也。"上曰："合缝靴亦宋国服耶。"诏参知政事张孝杰与乙辛竟其狱，皆诬服。上犹未决，孝杰曰："《怀古》绝句藏赵惟一三字也。乃族惟一，敕后自尽。"据此则《十香词》非后作也。兹并录之。

> 宫中只数赵家妆，败雨残云误汉王。惟有知情一片月，曾窥飞燕入昭阳。

（辽宣懿后《怀古诗》）

> 青丝七尺长，挽出内家装。不知眠枕上，倍觉绿云香。
> 红绢一幅强，轻拦白玉光。试开胸探取，尤比颤酥香。
> 芙蓉失新艳，莲花落故妆。两般总堪比，可似粉腮香。
> 蜻蜓那足并，长须学凤凰。得宵欢臂上，应惹领边香。
> 和羹好滋味，送语出宫商。定知郎口内，含有暖甘香。
> 非关兼酒气，不是口脂芳。却疑花解语，风送过来香。
> 既摘上林蕊，还亲御院桑。归来便携手，纤纤春笋香。
> 凤靴脱合缝，罗袜卸轻霜。谁将暖白玉，雕出软钩香。
> 解带色已战，触手心愈忙。那识罗裙内，消魂别有香。
> 咳唾千花酿，肌肤百和箱。无非啖沈水，生得满身香。

（《十香词》）

金初诗人，首推吴（激）、蔡（松年），二公皆以宋人入金，风云际会，遂为一时冠冕。松年子珪，更冠绝其伦。自兹以后，文学愈炳，大定、明昌间，党怀英名最著，贞祐、正大间，赵秉文为之魁，至元好问出，乃集大成，卓然为一代宗法。入元不仕，以诗文鸣天下者且三十年。赵秉文于诗称党怀英，元于时又盛称赵秉文，实则党、赵皆非元之匹也。

此外若宇文虚中、王庭筠、辛愿、李汾、麻革等皆先后有诗名。金处北鄙，享国仅百二十年，而文学之盛有如是者，故特表而出之。

吴激字彦高，建州人，名家子，与韩昉、高士谈、蔡松年、宇文虚中等并以宋人入金，为金初之大家，长于笔札，尤工诗词。有《东山集》。

> 佳气犹能想郁葱，云间双阙峙苍龙。春风十里灞陵树，晓月一声长乐钟。小苑花开红漠漠，曲江波涨绿溶溶。眼前叠嶂青如画，借问南山共几峰。
>
> （吴激《长安怀古》）

蔡松年字伯坚，真定人，自宋入金，与吴激齐名，时号吴蔡。诗词清丽，尤工乐府。子珪，字正甫，文章诗词，为一代正宗。

> 春风卷甲有欢声，渐识天公欲讳兵。节物无情新岁换，男儿易老壮心惊。落身世网痴仍绝，挂眼山光计未成，闻道恒阳似江国，一官漫学阮东平。
>
> （蔡松年《师还求归镇阳》）

党怀英字世杰，大定、明昌问大家也，少与辛弃疾师事蔡松年，为其所识拔，筮仕决以蓍，辛得离归，党得坎留，掌文柄三十年。赵秉文称其文似欧公，诗似陶、谢。

> 城头山色翠玲珑，尚忆清狂四饮翁。铁马冰车断遗响，桃花石室自春风。平生诗价千钧重，身后仙游一梦空。想见蓬莱水清浅，芙蓉城阙五云中。
>
> （党怀英《吊石曼卿》）

赵秉文字周臣，磁州滏阳人，贞祐、正大间，与杨云翼代掌文柄，时号杨赵。元遗山称其"七言长诗，笔势纵放，不拘一格，律诗壮丽，小诗精绝，多以近体为之，至五言则沉郁顿挫如阮嗣宗，真淳古朴似陶渊明。"遗山出其门下，故推重之如此。有《滏水集》。

> 月晕晓围城，风高夜斫营。角声寒水动，弓势断鸿惊。
> 利簇穿吴甲，长戈断楚缨。回看经战处，惨淡暮寒生。
>
> （赵秉文《芦州城下》）

元好问字裕之，太原容秀人，父德明，累举不第，以诗酒放浪山水间，著有《东岩集》。裕之少工诗，当从陵川郝晋卿游，淹贯百家，赵秉文见其《箕山琴台》等诗，以为近代无此作也。金亡不仕，以著作自娱，其诗奇崛而绝雕刿，巧缛而谢绮丽，五言高古沉郁，七言乐府，不用古题，而特出新意。赵瓯北曰："苏、陆古体多偶句，遗山专以单行，构思宵渺，十步九折，愈折而意愈深，味愈隽，苏、陆不及也。唐以来律诗可歌可泣者，少陵十数联外，绝无嗣响，遗山往往有之。沉挚悲凉，自为声调。"有《元遗山诗集》。

> 游丝落絮春漫漫，西楼晓晴花作团。楼中少妇弄瑶瑟，一曲未终坐长叹。去年与郎西入关，春风浩荡随金鞍。今年匹马妾东还，零落芙蓉秋水寒。并刀不剪东流水，湘竹年年露痕紫。海枯石烂两鸳鸯，只合双飞便双死。重城车马红尘起，乾鹊无端为谁喜。镜中独语人不知，欲插花枝泪如洗。
>
> （元好问《西楼曲》）

翁仲遗墟草棘秋，苍龙双阙记神州。只知终老归唐土，忽漫相看是楚囚。日月尽随天北转，古今谁见海西流。眼中二老风流在，一醉从教万事休。

（元遗山《镇州与文举百一饮》）

金代诗人虽众，而其专集多不传，惟以元遗山之《中州集》所载较多，凡二百四十六人。刘祁《归潜志》亦颇掇拾文献。清撰《全金诗》，增于《中州集》者，仅十之一二。王世贞曰："元裕之好问有《中州集》，皆金人诗也，如宇文太学虚中，蔡丞相松年，蔡太常珪，党承旨怀英，周常山昂，赵尚书秉文，王内翰庭筠，其大旨不出苏、黄之外，要之直于宋而伤浅，质于元而少情。"盖诸人均非遗山匹也。遗山之后，麻革享名较胜。元房祺编《河汾诸老诗集》，列麻革、张宇、陈赓、陈飏、房皞、段克己、段成己、曹之谦等八人，人各一卷。八人皆从好问游，今所存诗，止一百七十七首，已非完本，然金诗除《中州集》外，唯此为多耳。

第八章　元四大家诗体
与铁崖乐府（上）

元四大家之诗体——赵孟頫——虞杨范揭——吴渊颖与同时
之作者

元诗独不袭宋，而能以幽丽出之，虞（集）、杨（载）、范（梈）、揭
（傒斯）四大家，其代表也。四大家之前能诗者，有金履祥、许衡、刘
因、吴澄、戴表元，四大家之后，能诗者，有吴莱、黄缙、柳贯，许公均
以性理文章名家，非仅以诗传也。萨天锡、张翥视四大家稍后出，而名与
之埒，其诗专尚情美，与四大家稍异，萨尤长余情，以论夫诗，则四大家
不能及也。迨至末季，杨维桢倡霸于越，倪瓒等为之羽翼，倡比兴风谕之
旨于乐府古诗，一时诗名，无出其右，悠悠末运，独能以诗振一代之势，
盖亦犹金之有遗山焉。维桢入明尚在，明初诗人，实宗法之，则元代大
家，当以此老为冠。赵孟頫自宋入元，其诗与刘因等理学一派不同，兹先
论之，以为元诗之先导。

赵孟頫字子昂，湖州人，宋宗室，工诗能文，善书画，宋亡家居，为
学益力，至元中，以荐入朝，官至兵部郎中。其诗词清邃奇逸，读之使人
飘飘有出尘想。卒谥文敏，有《松雪斋集》。

溪上东风吹柳花，溪头春水净无沙。白鸥自信无机事，玄鸟犹知有岁华。锦缆牙樯非昨梦，凤笙龙管是谁家。令人苦忆东陵子，拟向田园学种瓜。

（赵孟頫《溪上》）

虞集字伯生，蜀郡人，元遗山没后一大家也。诗文词并著，诗与杨载、范梈、揭傒斯称四大家，而集为之冠。尝辟书舍二室，左书陶渊明诗于壁，题曰陶庵，右书邵尧夫诗于壁，题曰邵庵。有《道园学古录》。

海上风来五月秋，晚凉应上木兰舟。金盘丹荔生南国，玉腕清冰出北州。狂客醉时花作阵，美人歌罢月如钩。期门旧识将军面，从猎还披翠羽裘。

（虞集《寄海南故将军》）

杨载字仲宏，其先浦城人，后徒杭，年四十不仕，延祐（仁宗）初，登进士第，以宁关路总管府推官卒。其诗雅赡有法度。虞集称之若百战健儿，其佳者虞亦不能及也。有《杨仲宏诗》。

老君台上凉如水，坐看冰轮转二更。大地山河微有影，九天风露寂无声。蛟龙并起承金榜，鸾凤双飞载玉笙。不信弱流三万里，此身今夕到蓬瀛。

（杨载宗《阳宫望月》）

范梈字德机，清江人，家贫早孤，年三十六，始游京师，以朝臣荐为翰院编修，卒年五十九，吴澄志其墓以为独立特行，可方东汉诸君子。其诗宕逸而多远情，虞集称之若唐临宋帖。有《范德机诗》。

　　居士名园何处求，无有是中风物幽。岩花故解分藤缀，洞水
　新能合竹流。绿幕黄帘围玉树，青天白日映朱楼。醉吟自尔人难
　识，况是心轻万户侯。

（范梈《题龚氏山园》）

揭傒斯字曼硕，龙兴富川人，幼贫，读书自刻苦，大德（成宗）间，始游湘、汉，程钜夫、卢挚先后为湖南宪长，荐于朝，授翰林国史编修。其诗清丽婉转，最能代表元人色彩。虞集称之若美女簪花。有《揭曼硕集》。

　　杨柳青青河水黄，河流两岸苇篱长。河东女嫁河西郎，河西
　烧烛河东光。日日相迎苇檐下，朝朝相送苇篱旁。河边病叟长回
　首，送儿北去还南走。昨日临清卖苇回，今日贩鱼桃花口。连年
　水旱更无蚕，丁力夫徭百不堪。惟有河边守坟墓，数株高树晓相
　参。

（揭傒斯《杨柳青谣》）

黄溍、柳贯、吴莱并学诗宋遗民方凤，黄、柳与虞、揭又称儒林四杰，吴莱最少，然享名极盛，柳贯称其为绝世之才，其诗长于歌行，声调奇亢，有《渊颖集》。

第九章 元四大家诗体
与铁崖乐府（下）

萨张诗体与铁崖乐府——萨张——杨铁崖——张雨倪瓒与同时之作者

萨都拉与张翥，为诗专尚情美，在四大家后，独标一帜，乐府诸篇，婉丽绝伦，迨铁崖倡霸，亦以乐府见称，论者且以为出入青莲昌谷，诚元代诗学之异彩也。

萨都拉字天锡，号直斋，本答失蛮氏，祖父以勋留镇云代，遂为雁门人，泰定中，登进士第，出为燕南经历。工诗善词，一以情美为主，与虞、杨、范、揭不同，尤长乐府。有《雁门集》。

燕京女儿十六七，颜如花红眼如漆。兰香满路马尘飞，翠袖笼鞭娇欲滴。春风淡荡摇春心，锦筝银烛高堂深。绣衾不暖锦鸳梦，紫帘垂雾天沈沈。芳草谁惜去如水，春困著人倦梳洗。夜来小雨润天街，满院杨花飞不起。

（萨都拉《燕姬曲》）

江南怨，生男远游生女贱。十三画得蛾眉成，十五新妆识郎面。识郎一面恩犹浅，千金买官游不转。侬家水田跨州县，大船小船过淮甸。买官未得不肯归，不惜韶华去如箭。杨花扑檐飞语燕，疏雨梧桐闭深院，人生无如江南怨。

（萨都拉《江南怨》）

张翥字仲举，号蜕岩，元词大家也，与张雨同为仇远高弟，近体主唐，古体主选，《词统》称其词有飞鸿戏海舞鹤游天之妙。诗流丽清婉，亦颇似之，尤工乐府。有《蜕岩集》。

处处人烟有酒旗，楝花开后絮飞时。一溪春水浮黄颊，满树暄风叫画眉。入境渐闻人语好，看山不厌马行迟。江篱绿遍汀洲外，拟折芳馨寄所思。

（张翥《浮山道中》）

张雨字伯雨，早游方外，居茅山，与虞集诸人相往还，晚从杨铁崖（维桢）、倪云林（瓒）游，诗词并著，有《句曲外史诗集》。

聊与梅花说岁穷，真成古木共衰翁。百年勋业何烦尔，一世云山不负公。寒梦渐消窗影上，春容已在雨声中。晨兴陡觉诗神旺，未放韶华角长雄。

（张雨《晨兴》）

杨维桢字廉夫，号铁崖，诸暨人，举进士，元末兵乱，浪迹浙西山水间，以诗名振一世，明兴，被召至京，以疾卒。铁崖极长乐府，论者以为出入少陵、二李之间，有旷世金石声，惟矫枉过正，往往失于怪诞。当其倡霸，郭茂倩、左克明之书，盛行于世、明初诗人，多宗法之。有《铁崖乐府》。

> 夫从军，妾从主，梦魂犹痛刀箭瘢，况乃全躯饲豺虎。拔刀誓天天为怒，眼中于菟小于鼠。血号虎鬼冤魂语，精光夜贯新阡土，可怜三世不复仇，泰山之妇何足数。
>
> （杨维桢《杀虎行》）

> 买妾千黄金，许身不许心。使君自有妇，夜夜白头吟。
>
> （杨维桢《买妾言》）

倪瓒字元镇，号云林，无锡人，工诗书，家故饶资，一日舍之去，曰："天下多事矣。"与杨维桢相友善，诗名震撼一时。其诗枯淡自喜，而时露高致。有《倪云林先生集》。

> 南汀新月色，照见水中苹。便欲乘清影，缘源访隐沦。
> 君住淀山湖，绿酒松花春。梦披寒雪去，疑是剡溪滨。
>
> （倪瓒《寄隐者》）

元享国仅百年，而诗人之多，至不可以数计。李东阳曰："宋诗深，却去唐远，元诗浅，去唐却近。"至其情致婉丽如萨天锡、杨铁崖者，即宋人亦有时莫能及也。惟势之所至，曲代词兴。曲为其一代之花，而诗词遂不足论也已。

第十章　明诗再降
与复古声中各派之起伏（上）

　　明诗之复古运动——明初诗有五大派——刘基——吴中四杰
——袁凯——林鸿孙蕡以次之作者

　　明诗扰攘于门户之争，复古一派，凌驾中朝，求其所谓大家者，仅国初高启一人而已。启与杨基、张羽、徐贲，称吴中四杰，与王行、徐贲、高逊志、唐肃、宋克、余尧臣、张羽、吕敏、陈则，称北郭十友，而何大复于当时独盛称袁凯，盖诸子多承铁崖馀绪，以才情声气为先，至其才气，则均非启之匹也，永乐（成祖）以降，迄于成化（宪宗），八十年间，（历仁、宣、英、景四朝）号称极盛，其间执文柄者，首数三杨（杨士奇、杨荣、杨溥），三杨代掌国政，故所为诗，以雍容闲雅为主，世称之曰台阁体。此外尚有所谓正统（英宗）十才子，景泰（景帝）十才子者，大抵不出台阁一派，无足论也。适至弘、正（弘治、正德，孝宗、武宗年号），国事日促，台阁一派，遂渐为世人所厌弃，东阳（李东阳）掉尾，始矫庸音，何、李（何景明、李梦阳）乘风，更倡复古，文必秦、汉，诗必盛唐，俨然成一大宗派。为东阳羽翼者，有杨一清。为何、李羽翼者，有边贡、徐祯卿、康海、王九思、王庭相，即所谓前七子者是也。七子倡霸，海内文人，至不敢移宫换羽，惟杨慎、薛蕙诸人能独树一帜，王慎中、唐顺之辈，敢倡法初唐，何、李派之反对，止此而已。至嘉靖七子，复衍何、李之绪，势乃愈盛，七子者，李攀龙、王世贞、谢榛、宗臣、梁有誉、徐中行、吴国伦，世又称后七子。前后七子，以复古凌驾一代，势力之大，莫之与京，徐渭变之，未能也，汤显祖变之，亦未能也，万历（神宗）朝，公安、竟陵两派代兴，而复古一派，遂稍稍杀其势矣。天启（熹宗）、崇祯（庄烈帝），当国末运，以论夫诗，则钱谦益、吴伟业，均称大家，兹附于清，以两公仕清故也。刘基、宋濂为有明开国词臣，宋以文名，则诗人当首论刘基。

刘基字伯温，青田人，与宋濂齐名，工文能诗，其诗豪迈，喜为沈著之音，与元人之纯尚纤靡者，又自不同。有《诚意伯集》。

> 天弧不解射封狼，战骨纵横满路旁。古戍有狐鸣夜月，高冈
> 无凤集朝阳。珊戈画戟空文物，废井颓垣自雪霜。漫说汉庭思李
> 牧，未闻郎署遣冯唐。

（刘基《感兴》）

高启字季迪，长洲人，元末，避张士诚乱，遁居松江之青邱，自号青邱子。洪武初，召修《元史》，以《题宫女画犬诗》刺帝招忌，旋坐撰魏观《上梁文》，被诛，时年仅三十九。季迪以诗名，王子充称其诗"隽而清丽，如秋空飞隼，盘旋百折，招之不肯下。又如碧水芙蓉，不假雕饰。翛然尘外。"清《四库提要》曰："启天才高逸，实据明一代诗人之上，其于诗拟汉、魏似汉、魏，拟六朝似六朝，拟唐似唐，拟宋似宋，凡古人之所长，无不兼之，振元末纤秾之习，而反之于占，启实有力焉……"是启又复古派之先导也。所著有《吹台》《凤台》《缶鸣》《青邱》……诸

集，景泰初，徐庸合编为《大全集》。

> 大江来从万山中，山势尽与江流东。钟山如龙独西上，欲破巨
> 浪乘长风。江山相雄不相让，形胜争夸天下壮。秦皇空此瘗黄金，
> 佳气葱葱至今王。我怀郁塞何由开，酒酣走上城南台。坐觉苍茫万
> 古意，远自荒烟落日之中来。石头城下涛声怒，武骑千群谁敢渡。
> 黄旗入洛竟何祥，铁锁横江未为固。前三国，后六朝，草生宫阙何
> 萧萧。英雄时来务割据，几度战血流寒潮。我今幸逢圣人起南国，
> 祸乱初平事休息。从今四海永为家，不用长江限南北。

（高启《登金陵雨花台望大江》）

> 重臣分省去台端，宾从威仪尽汉官。四塞河山归版籍，百年
> 父老见衣冠。函关月落听鸡度，华岳云开立马看。知尔西行定回
> 首，如今江左是长安。

（高启《送沈左司从汪参政分省陕西汪由御史中丞书》）

杨基字孟载，嘉州人，家于吴，少从铁崖游，故其诗不少元习，至其
清秀俊爽，自是一时之选。《春草诗》最传。有《眉庵集》。

> 嫩绿柔香远更浓，春来无处不茸茸。六朝旧恨斜阳里，南浦
> 新愁细雨中。近水欲迷歌扇绿，隔花偏衬舞裙红。平川十里人归
> 晚，无数牛羊一笛风。

（杨基《春草》）

张羽字来仪，本浔阳人，后居吴兴，官至太常寺丞，坐事窜岭南，未
半道，召还，自知不免，投龙江死。程孟阳称其"五言古诗，学杜学韦，

各有神理。七言律诗，全是唐音，乐府歌行，不袭宋、元旧格，颉颃高、杨、未易前后"。有《静居集》。

> 高斋每到思无穷，门巷玲珑野望通。片雨隔村犹夕照，疏林映水已秋风。药囊诗卷闲行后，香篆灯光静坐中。为问只今江海上，如君无事几人同。
>
> （张羽《唐叔良溪居》）

徐贲字幼文，本蜀人，居吴，号高启、杨基、张羽号吴中四杰。其诗体明密，颇近皮、陆。溺海死。有《北郭集》。

> 粼粼水溶春，澹澹烟销午。不见歌唱人，空来荷叶浦。无处寄相思，停舟采芳杜。
>
> （徐贲《过荷叶浦》）

袁凯字景文，华亭人，自号海叟，洪武中为御史，以疾归。凯工诗，有盛名，何大复举以为国初诗人之冠。程孟阳曰："海叟诗气骨高妙，天容道貌，即之冷然，《古意》二十首，高骨激越，雄视一代，七言古诗，笔力豪宕，尠不如意，七言律诗，自宋、元来学杜，鲜有如叟之自然者……"尝倒骑黑驴，游行九峰间，于铁崖座上所赋《白燕诗》最传，故又号袁白燕。有《在野集》。

> 故国飘落事已非，旧时王谢见应稀。月明汉水初无影，雪满梁园尚未归。柳絮池塘香入梦，梨花院落冷侵衣。赵家姊妹多相忌，莫向昭阳殿里飞。
>
> （袁凯《白燕诗》）

林鸿字子羽，福清人，洪武初，以人才荐，性脱落不喜仕，年未四十，自免归，与郑定、王褒、唐泰、高棅、王恭、陈亮、王偁、周元、黄元称闽中十才子。其诗尊唐，闽中言诗者，率宗法之。有《鸣盛集》。

> 儒生好奇古，出口谈唐虞。倘生羲皇前，所谈乃何如。
> 古人既已死，古道存遗书。一语不能践，万卷徒空虚。
> 我愿但饮酒，不复知其余。君看醉乡人，乃在天地初。

（林鸿《饮酒》）

孙蕡字仲衍，广东顺德人，洪武三年，始行科举，蕡与选，尝为蓝玉题画，玉诛，坐党论死。有《西庵集》。

> 湖州汉水穿城郭，傍水人家起楼阁。春风垂柳绿轩窗，细雨飞花湿帘幕。四月五月南风来，当门处处芰荷开。吴姬画舫小于斛，荡桨出城沿月回。菰蒲浪深迷白纻，有时隔花闻语笑。鲤鱼风起燕飞斜，采菱歌入鸳鸯渚。

（孙蕡《湖州乐》）

刘崧字子高，泰和人，元末举于乡，洪武三年入朝，授兵部职。善为诗，其佳者，似大历十才子，预章人宗之为西江派。有《槎翁集》。

> 姑苏城头乌夜啼，姑苏台上风凄凄。芙蓉露冷秋香死，美人夜啼双蛾低。铜龙咽寒更漏促，手拨繁弦转红玉。鸳鸯飞去犀廊空，犹唱吴宫旧时曲。

（刘崧《姑苏曲》）

明初诗派有五，赵派昉于刘基，吴派昉于高启，闽派昉于林鸿，岭南派昉于孙蕡，江右派昉于刘崧。而吴派为最大。

第十一章　明诗再降
与复古声中各派之起伏(中一)

台阁体盛行与前七子之复古——三杨——李东阳——弘正七
子中之四杰——复古派以外之作者——吴中四子

永乐成化间，三杨代执文柄，以雍容闲雅为一世倡，故其体世称台
阁。其敝也，肤廓冗长，千篇一律。弘正七子，起而矫之，文必秦、汉，
诗必盛唐。诗风为之一变。在当时树异帜者，有杨慎、薛蕙诸人，杨、薛
固尝与何、李游，而竟非议之，亦复古派之一反动也。

杨士奇名寓，太和人，建文初，以史才召入翰林，永乐初，入内阁，
执政四十余年，与杨荣、杨溥号称三杨，三杨值明隆盛，故其诗崇尚典
雅，每作颂扬语，晚进宗之，称曰台阁派。士奇享名最盛。有《东里集》。

忆昔六龙升御日，最先承诏上銮坡。论思虚薄年华速，霄汉
飞腾宠命多。空有赤心常捧日，不禁清泪欲成河。文孙继统今明
圣，供奉无能奈老何。

（杨士奇《谒长陵》）

李东阳字宾之，号西涯，茶陵人，居京师，天顺（英宗）八年进士，工篆隶，善诗文，明兴以来，宰臣以文领袖缙绅者，杨士奇后，东阳一人而已。东阳诗宗老杜，一矫台阁之习，为弘正七子之先导。而弘正七子，反力诋之。王世贞曰："东阳之于何、李，犹陈涉之启汉高。"立朝五十年，清节不渝，罢政后，以诗文书篆资朝夕。一日夫人方进纸墨，东阳有倦意，夫人笑曰："今日设客，可使案无鱼菜耶。"乃欣然命笔，其风操有如是者，有《怀麓堂集》。

秋风江口听鸣榔，远客归心正渺茫。万古乾坤此江水，百年风日几重阳。烟中树色浮瓜步，城上山形绕建康。直过真州更东下，夜深灯火宿维扬。

（李东阳《九日渡江》）

李梦阳字献吉，号空同子，庆阳人，弘治（孝宗）进士，工诗文，以李东阳为萎弱，卓然以复古自命，文必秦、汉。诗必盛唐，专尚模拟，文运为之一变。与何景明、徐祯卿、边贡、康海、王九思、王庭相号七才子，卑视一世，而梦阳为尤甚。清《四库提要》曰："梦阳倡言复古，使天下勿读唐以后书，持论甚高，足以悚当代之耳目，故学者翕然宗之，文体一变。厥后模拟剽窃，日就窠穴，论者追原本始，归狱梦阳，其受诟厉亦最深。"华州王维桢谓七言律诗自杜甫以后，善用顿挫倾插之法者，惟梦阳一人。有《李空同集》。

黄河水绕汉边墙，河上秋风雁几行。客子过濠追野马，将军弢箭射天狼。黄尘古渡迷飞挽，白月横空冷战场。闻道朔方多勇略，只今谁见郭汾阳。

（李梦阳《秋望》）

何景明字仲默，信阳人，弘治进士，与李梦阳倡诗古文，梦阳最雄骏，景明稍后出，相与颉颃，世称何、李。唯梦阳主模拟，景明主创造，各树圣垒，互相诋諆。论者谓景明之才，本逊梦阳，而其诗体秀逸，视梦阳之专事剽窃，似又过之。卒年三十九。有《何大复集》。

烟渺渺，碧波远。白露晞，翠莎晚。泛绿漪，兼葭浅。浦风吹帽寒发短。美人立，江中流。暮雨帆樯江上舟，夕阳帘栊江上楼。舟中采莲红藕香，楼前踏翠芳草愁。芳草愁，西风起。芙蓉花，落秋水。江白如练月如洗，醉下烟波千万里。

（何景明《秋江词》）

徐祯卿字昌谷，吴县人，弘治进士。为诗初喜白居易、刘禹锡，与何、李游，始改趋汉、魏、盛唐，为吴中诗人之冠。与何、李、边贡，又号弘正四杰，盖七子中之特出者也。有《迪功集》。

渺渺春江空落晖，行人相顾欲沾衣。楚王宫外千条柳，不遣飞花送客归。

（徐祯卿《春思》）

月宫秋桂冷团团，岁岁花开只自攀。共在人间说天上，不知天上忆人间。

（边贡《嫦娥》）

杨慎字用修，新都人，正德（武宗）六年殿试第一，诗才华丽，于何、李倡霸声中，独立门户。记诵之博，著作之富，在有明推为第一，卒年七十二。有《杨升庵集》。

> 剑江春水绿沄沄，五丈原头日又曛。旧业未能归后主，大星先已落前军。南阳祠宇空秋草，西蜀关山隔暮云。正统不惭传万古，莫将成败论三分。

（杨慎《题武侯庙》）

徐祯卿初与文徵明、唐寅、祝允明号吴中四子，诗效白居易、刘禹锡，后与何、李游，乃改向汉、魏、盛唐。文唐辈才情极富，以纵情诗酒，为人所短，然在有明诗人中，尚能不为门户所限，惟格不甚高耳。文有《甫田集》，唐有《唐伯虎集》，祝有《祝枝山集》。

第十二章　明诗再降
与复古声中各派之起伏(中二)

王唐反抗声中复古派之再兴——王唐——嘉靖七子

何、李倡霸，海内宗之，惟王慎中、唐顺之辈，卓然不为所动，文宗欧、曾，诗法初唐，以与之抗，其盛也，何、李之集，几遏而不行。迨嘉靖七子出，复衍何、李之绪，文必秦、汉，诗必盛唐，复古派之光焰，遂又照耀于世。王慎中字道思，晋江人，嘉靖进士，文宗欧、曾，诗效初唐，与唐顺之、陈东、李开先、熊过、任瀚、赵时春、吕高号八才子，王、唐享名最盛，又号王唐，卒年五十一。有《遵严集》。顺之字应德，毗陵人，嘉靖进士。有《荆川集》。

云出本无心，择楼多奇巘。縶予慕真胜，涉趣不知远。初缘碧涧行，几傍丹崖转。林迤去虎踪，蹭蹬飞猿践。泉流递浅深，岩谷变阴显。欹瀑偶留憩，石床时仰偃。桂芳洞里秋，霞映山中晚。探异寻前期，入幽忘后返。神游力不捐，理惬情俱遣。天路如可梯，欲以微官免。

（王慎中《游麻姑山》）

李攀龙字于麟，历城人，嘉靖进士，与王世贞、谢榛、宗臣、梁有誉、徐中行、吴国伦倡诗社，号七才子。文宗秦、汉，诗法盛唐，而攀龙为之冠。尝谓文西京，诗天宝，以下俱无足观。本朝独推李梦阳。所为诗高华矜贵，绝去凡庸。隆庆（穆宗）四年卒，年五十七。有《沧溟集》。

缥渺真探白帝宫，三峰此日为谁雄。苍龙半挂秦川雨，石马长嘶汉苑风。地敞中原秋色尽，天开万里夕阳空。平生突兀看人意，容尔深知造化工。

（李攀龙《秋登太华绝顶》）

王世贞字元美，号凤洲，太仓人，嘉靖进士，与李攀龙狎主文柄，攀龙殁，独操其柄二十年，声华意气，笼盖海内。诗效盛唐，而藻饰过甚，朱彝尊至谓其千篇一律，晚年渐就平淡。病亟时，刘凤往视，见其手《苏子瞻集》，讽玩不置。卒于万历（神宗）十八年，年六十五。有《弇州山人集》。

与尔同兹难，重逢恐未真。一身初属我，万事欲输人。
天意宁群盗，时艰更老亲。不堪追往昔，醉语亦伤神。

（王世贞《乱后初入吴与舍弟小酌》）

谢榛字茂秦，临清人，嘉靖间，挟诗卷游长安，时李、王正结社燕市，茂秦乃以布衣入执牛耳，主选十四家诗，七子论诗之旨，由是大定。攀龙赠诗曰："谢榛吾党彦，咄嗟名士籍。遂令清庙音，乃在褐衣客。"既而恶其名高，遗书与之绝。元美别定五子，遂削其名，布衣见弃，殊可慨也。其诗词气高逸，在七子中，阶称独步。有《四溟山人集》。

生涯怜汝自樵苏，时序惊心尚道涂。别后几年儿女大，望中千里弟兄孤。秋天落木愁多少，夜雨残灯梦有无。遥想故园挥涕泪，况闻寒雁下江湖。

（谢榛《秋日怀弟》）

梁有誉字公实，顺德人，有《兰亭存稿》。宗臣字子相，兴化人，有《方城集》。徐中行字子与，长兴人，有《青萝馆集》。吴国伦字明卿，兴国州人，有《甔甀洞集》。四子虽远不如前三子享名之盛，而所为诗，亦时有高致，但不能外模拟剽窃耳。

第十三章　明诗再降
与复古声中各派之起伏（下）

公安竟陵两派之代兴——公安派——袁宏道——竟陵派——
钟惺——复社几社豫章社

　　王、李之极，公安袁氏兄弟起而矫之，于唐宗白乐天，于宋宗苏轼，务以清新俊快，于是学者多舍王、李而趋就之，号曰公安体。竟陵钟惺，又诋以为浅率，易之以幽深孤峭，与同里谭元春评选唐人诗，为《唐诗归》，钟、谭之名满天下，号曰竟陵体。朱彝尊曰：“万历中，公安矫历下娄东之弊，倡浅率之调，以为浮响，造不根之句，以为奇突，用助语之词，以为流转，著一字务求之幽晦，构一题必期于不通，《诗归》出，而一时纸贵，闽人蔡复一等，既降志以相从，吴人张泽、华叔等，复闻声而遥应，无不奉一言为准的，入二竖于膏肓，取名一时，流毒天下，诗亡而国亦随之矣。”

　　袁宏道字无学，公安人，万历进士，与其兄宗道、弟中道，并以诗鸣海内，时号三袁。主性灵，尚妙悟，以清新轻快之诗，矫王、李模拟之病，王、李之风，为之不振。尝谓唐自有古诗，不必选体，中晚皆有诗，不必初、盛，欧、苏、陈、黄各有诗，不必唐人。唐诗色泽鲜妍，如旦晚脱笔砚者，今诗才脱笔砚。已是陈言，岂非流自性灵，与出自剽拟，所从来异乎。有《瓶花斋诗集》。

> 横塘渡，郎西来，妾东去，感郎千金顾。妾家住西桥，朱门
> 十字路，认取辛夷花，莫过杨柳树。

（袁宏道《杂诗》）

钟惺字伯敬，竟陵人，万历进士，与同里谭元春以诗名，世号钟谭。时公安体盛行，钟、谭独诋以为浅率，倡为幽深孤峭，惟两人学不甚富，其识解多僻，大为通人所讥。诗亦晦涩。赵瓯北曰："钟、谭辈，从一字一句，标举冷僻，以为得味外味，则幽独君之鬼语矣。"有《隐秀轩集》。谭字友夏，天启举人，名辈后于惺。有《岳归堂集》。

> 舟栖频易处，水宿偶依岑。嵽暝江逾远，天寒谷自深。隔墟
> 烟似晓，近峡气先阴，初月难离雾，疏灯稍著林。渔樵昏后语，
> 山水静中音。莫数归鸦翼，徒惊倦客心。

（钟惺《舟晚》）

明诗扰攘于门户之争，以摹拟为能事，各奉其师规，以相诋毁，当时作家固甚众，然无一人能脱卸唐人之羁绊者，诗之流弊，至此可谓极矣。赵瓯北曰："高青邱后，有明一代，竟无诗人，李西涯虽雅驯清澈，而才力尚小，前后七子，风行海内，迄今优孟衣冠，笑齿已冷。降及末造，而精华始发越，钱、吴二老，为海内所推。"钱、吴诚为明末大家，但均仕清，兹不论。此外尚有所谓复社、几社、豫章社者，复社尊王、李、张溥、张采等主之。几社亦尊王、李，陈子龙、夏彝仲等主之。豫章社反抗王、李，艾南英等主之。旗帜鲜明，门户森立，亦有明文学之余光也。

第十四章　清诗极衰
为旧体诗之终局（上）

清初诗人之驰骤——江左三大家——三大家——以次之作者

　　清代诗学，衰落已极，开国之初，所恃以润色鸿业者，仅钱（谦益）、吴（伟业）二老，二老固明之遗也。王士祯在康熙朝，号称一代宗匠，以神韵倡导天下者，近五十年，以论其诗，则所谓兴到神会之作，实不免有模拟薄弱之弊。同时如宋琬、施闰章、陈维崧、彭孙遹、尤侗、朱彝尊、宋荦、田雯、赵执信、查初白之伦，亦均以诗名海内。宋、施在士祯前，雄视南北，有南施北宋之目，朱彝尊与士祯并辔而驰，时莫能为之高下，赵执信则反对士祯，至作《谈龙录》以诋之，陈、彭辈乃又不专以诗名也。至乾隆朝，神韵派之反抗者愈众，袁枚倡性灵，沈德潜倡格律，翁方纲宗江西，欲以肌理二字救新城一流之空调。袁与蒋士铨、赵翼称乾隆三大家，三大家袁枚享名最盛，而其诗之陈腐亦愈甚，去名存实，则厉鹗之《樊榭山房诗》与黄景仁之《两当轩诗》为可取耳。自是以后，诗学儿绝，嘉、道间，龚自珍、舒位辈，以浮浅为诗，乃号称新体。咸、同间，曾国藩辈，竞尚宋诗，使一代名家，成于远处僻壤之郑珍，盖诗学之不振，未有如是之甚者也。末季才人，值国多难，金和、黄遵宪、王闿运、康有为均称大家，王闿运宪章八代，康有为盛气淋漓，黄诗入俗，每能解放而成新体，今之倡白语诗者，且奉为新旧交替之梯航。懿欤盛矣，末代之光，宋以后千数百年支分派衍之旧体诗，至是乃不续。

钱谦益字受之，号牧斋，明礼部尚书，仕清，修《明史》为副总裁。主文坛几五十年，力诋何、李、王、李，二袁、钟、谭，尤不在齿数。其诗出入李、杜、韩、白、苏、陆之间，沉郁藻丽，而有高致，论者以为在梅村之右。乾隆朝，诏毁其集。有《初学集》。

> 合欢团扇美人作，轻云如纨雪如素。裁成顾兔舒月波，画出乘鸾上天路。美人容华倾六宫，含羞却扇娇且慵。自分团栾赛明月，岂知摇动生秋风。碧天一夜秋如水，炎凉尽在君怀里。不怨秋风坐弃捐，却愁明月长相似。秋来明月正婵娟，别殿长门是处悬。从教妾扇经秋掩，但愿君心并月圆。君心如月不可援，妾扇团团那忍割。可怜团扇无蔽亏，不比清光有盈缺。奉君清暑为君容，莫到恩情中路空。蛛丝虫网频垂泪，还感君恩在箧中。
>
> （钱谦益《团扇篇》）

吴伟业字骏公，号梅村，明崇祯进士，国亡，归乡里，赠袁韬玉诗有句云："西州士女章台柳，南国江山玉树花。"旋被迫起为秘书侍讲，康熙十年卒，年六十三，遗言敛以僧服，墓前树一圆石，题曰诗人吴梅村之墓足矣。梅村才华艳发，吐纳风流，故其诗有清丽芊绵之致，国变后，益以苍凉凄楚，风骨愈遒，七古放元、白，五七言律，声华格律，不减唐人，歌行长篇，俯仰一世。集中如《临江参军》《永和宫词》《雒阳行》《殿上行》《茸城行》《萧史曲》《青门曲》《鸳湖曲》《松山哀》《雁门尚书行》《临淮老妓行》《圆圆曲》《画兰曲》诸篇，皆隐括时事，为平生聚精会神之作。赵瓯北曰："梅村本从香奁入手，故一涉儿女闺房之事，辄千娇百媚，妖艳动人。"然有时失之靡曼。国亡时，侯方域遗书使全臣节，侯亡，为诗吊之云："死生总负侯嬴诺，欲滴椒浆泪满樽。"赴召过淮阴云："我是淮王旧鸡犬，不随仙去落人间。"则仕清非其志也。有《吴梅村诗集》。

> 射雉山头一笑年，相思千里草芊芊。偷将乐府窥名姓，亲击云璈第几仙。
>
> 珍珠无价玉无瑕，小字贪看问妾家。寻到白堤呼出见，月明残雪映梅花。
>
> 钿毂春郊斗画裙，卷帘都道不如君。白门移得丝丝柳，黄海归来步步云。
>
> 京江话旧木兰舟，忆得郎来系紫骝。残酒未醒惊睡起，曲栏无语笑凝眸。
>
> 青丝濯濯额黄悬，巧样新妆恰自然。入手三盘几梳掠，便携明镜出花前。
>
> 念家山破定风波，郎按新词妾按歌。恨杀南朝阮司马，累侬夫婿病愁多。
>
> 乱梳云髻下高楼，尽室仓皇过渡头。钿合金钗空抛却，高家兵马在扬州。
>
> 江城细雨碧桃村，寒食东风杜宇魂。欲吊薛涛怜梦断，墓门深更阻侯门。

（吴伟业《题冒辟疆名姬董白小像》）

龚鼎孳字孝升，号芝麓，合肥人，明崇祯进士，仕清，与钱、吴称江左三大家，所为诗宴饮酬酢居多，视钱、吴不如远甚，兼工诗馀。有《定山堂集》。

登高风物郁苍苍，何处寒花发战场。吴蜀健儿犹裹甲，江汉
游女自褰裳。中州鹦鹉萋芳草，隔岸楼台受夕阳。满眼昆明消一
醉，烽烟真不上渔航。

（龚鼎孳《登晴川阁小饮》）

三大家外，有王彦泓之取径香奁，冯班之宗法商隐，毛奇龄专效唐音
而时出新意，盖皆欲一矫当时江西一派之粗俗隐僻者。其他如顾景星、冯
廷魁……诸人，亦均足名家。王彦泓字次回，有《疑雨集》。冯班字定
远，有《冯定远集》。毛奇龄有《西河诗集》。顾景星有《白茅堂集》。冯
廷魁有《冯舍人遗诗》。然诸公多显誉于康熙朝。

第十五章　清诗极衰
为旧体诗之终局(中一)

神韵派倡霸与同时之作者——施宋——王士祯——朱彝尊
——赵执信——查慎行以次之作者——岭南三大家

王士祯诗宗王、孟，以神韵倡道天下，交游之多，门第之盛，在康熙朝，未有能出其右者。惟朱彝尊兼学唐、宋，以博雅见称，巍然与之并立。二公皆好运用僻典书，卷本多，性灵少，亦一病也。清诗不振，作者殊众，兹择当时之名家，而并举之。

宋琬字玉叔，号荔裳，山东莱阳人，顺治进士。王士祯称其诗，游浙后，颇拟放翁，五言歌行，时创杜韩之奥，入蜀后，气格深隐。有《安雅堂集》。

塞鸿犹未到芜城，载酒登楼雨乍晴。山色浅深随夕照，江流日夜变秋声。上方钟磬疏林满，十里笙歌画舫明。空负黄花羞短发，寒衣三浣客心惊。

（宋琬《九日登慧光关》）

施闰章字尚白，号愚山，安徽宣城人，顺治进士。沈归愚谓荔裳诗以雄浑磊落胜，愚山诗以温柔敦厚胜。有《学馀堂集》。

路回临石岸，树老出墙根。野水合诸涧，桃花成一村。
呼鸡过篱棚，行酒尽儿孙。老矣吾将隐，前峰怡对门。

（施闰章《过湖北山家》）

王士祯字贻上，号阮亭，又号渔洋山人，山东新城人，顺治进士，有清一大家也。诗宗王、孟，以神韵为主，所谓不著一字，尽得风流之神秘。所选《唐贤三昧集》，不取李、杜，独以王维压卷。主文坛近五十年。其诗旖旎风华，乃伤薄弱，仅七绝为工。钱牧斋曰："贻上之诗，文繁理富，佩实衔华。"尝奉使南海、西狱，遍游秦、晋、洛、蜀、闽、越、江、楚间，所至访其贤豪，考其风土，欣赏其佳山水，一发之于诗，卒年七十八，有《带经堂集》。

永安宫殿莽榛芜，炎汉存亡六尺孤。城上风云犹护蜀，江间波浪失吞吴。鱼龙夜偃三巴路，蛇鸟秋悬八阵图。搔首桓公凭吊处。猿声落日满夔巫。

（王士祯《晚登夔府东城楼望八阵图》）

翠羽明珰尚俨然，湖云祠树碧于烟。行人系缆月初堕，门外野风开白莲。

（王士祯《再过露筋祠》）

朱彝尊字锡鬯，号竹垞，秀水人，学最综博，兼工诗文词，文雅洁在士祯上，诗颉颃于施、宋之间，词则与陈维崧齐名，藏书至八万卷。所为诗出入唐、宋，牢笼万有，主文坛数十年。圣祖尝谓侍臣曰："江南有三布衣，尚未仕耶。"三布衣者，朱彝尊、姜宸英、严绳孙也。有《曝书亭集》。

> 去岁山川缙云岭，今年雨雪白登台。可怜日至常为客，何意天涯数举杯。城晚角声通燕塞，关寒马色上龙堆。故园望断江村里，愁说梅花细细开。
>
> （朱彝尊《云中至日》）

赵执信字伸符，号秋谷，山东益都人，康熙进士，尝谓古诗自汉、魏、六朝，至初唐诸大家，各成韵调，谈艺者多忽不讲，与古法戾，乃为声韵谱，以发其秘。又著《谈龙录》，极诋渔洋，渔洋心折其才，不之怪也。所为诗以思路镂刻为主，峭折有余，酝酿不足。徜徉林壑，逾五十年，卒年八十有三。有《饴山堂诗文集》。

> 微雨牵荇色，离筋且对君。预愁见何日，不惜手轻分。
> 远海高于岸，空烟聚作云。来朝倚仙阁，吟望背斜曛。
>
> （赵执信《赴登州留别康海》）

查慎行字悔馀，号初白，浙江海宁人，康熙进士，诗学苏、陆，而少蕴藉，黄梨洲尝以放翁拟之。赵瓯北曰："初白近体诗最擅长，放翁以后，未有能继之者，当其年少气锐，从军黔楚，有江山戎马之助，故出手即沉雄踔厉，有幽并之气，中年游中州，地多胜迹，益足以发抒其才思，登临怀古，慷慨悲歌，集中此数卷为最胜。"王渔洋曰："奇创之才，初白逊游，绵至之思，游逊初白。"与宋荦、陈维崧、邵长衡诸人，颇具同调，而魄力风韵，尤或过之，遂能杰出一时。有《敬业堂集》。

不知淫潦啮城根，但看泥沙记水痕。去郭几家犹傍柳，淮边一带已无村。长堤冻裂功难就，浊浪横侵势易奔。贱买河鱼还废箸，此中多少未招魂。

（查慎行《秦淮道中即目》）

吴雯字天章，蒲州人，以博学鸿词荐在京师，极为王渔洋所重，每称其诗，辄谓为才子。其"门前万里昆仑水，千点桃花尺半鱼"之句，尤为世人所赞赏。有《莲洋诗钞》。

去年九月长安来，鲤鱼风起船旗开。今年三月旧山去，马上绿杨掠飞絮。旧山风景复何如，昨日家人有报书。当门万里昆仑水，千点桃花尺半鱼。

（吴雯《次青县题壁》）

同时与渔洋以诗交游而享名较盛者，有杜濬、孙枝蔚、陈维崧、彭孙遹……诸人。杜、孙工诗，陈、彭于诗外，兼工诗馀。杜字于皇，诗长五言近体，有《变雅堂集》。孙字豹人，为诗有奇气，有《溉堂集》。陈字其年，有《湖海楼集》。彭字羡门，有《松桂堂集》。兴渔洋以诗相角逐唯恐其或后者，有宋荦、田雯……诸人，宋字牧仲，诗宗子瞻，有《绵津诗集》。田字子纶，天才奇丽，有《古欢堂集》。此外屈大均、陈元孝、梁佩兰称岭南三大家，大均神似李白，元孝师法杜甫，佩兰淳朴而意短似龚鼎孳。王士祯曰："岭海多才，以未染中原江左积习，故尚存古风。"理或然欤。

第十六章　清诗极衰
为旧体诗之终局(中二)

　　神韵派之反抗者——乾隆三大家——厉鹗——沈德潜——黄
景仁

　　乾隆朝，袁枚倡性灵，沈德潜倡格律，翁方纲宗江西，神韵一派，遂渐丧失其势力，而为世人所厌弃。袁与赵翼、蒋士铨号乾隆三大家，举世所尊为一代文学之冠冕者，乃其诗之陈腐，至不可向迩，殊未能解。钱塘厉鹗，诗学韦（应物）、柳（宗元），于新城长水外，别树一帜。黄景仁宗法李白，又视诸大家稍后出，至其才气豪放，即诸大家莫能及也。

　　袁枚字子才，号简斋，钱塘人，乾隆进士，论诗专主性灵，以为性情之外无诗，故每盛称温、李。所为诗轻纤佻达而极陈腐。洪亮吉拟之如通天神狐，醉后露尾。惟当时诗人，多荷引誉，以故享名极盛，卒年八十二。有《隋园诗集》。

　　生绡一幅红妆影，玉貌珠冠方绣领。眼波如月照人间，欲夺鸾篦须绝顶。怀刺黄门悔误投，遗珠草草尚书收。党人碑上无双士，夫婿辈中第二流。绛云楼阁起三层，红豆花枝枯复生。班管自称诗弟子，佛香同侍古先生。勾栏院大朝廷小，红粉情多青史轻。扁舟同过黄天荡，梁家有个青楼样。金鼓亲提妾亦能，争奈江南不出将。一朝九庙烟尘起，手握刀绳劝公死。百年此际盖归乎，万论从今都定矣。可惜尚书寿正长，丹青让与柳枝娘。

（袁枚《题柳如是画像》）

赵翼字云松，号瓯北，江苏阳湖人，乾隆进士，所为诗以学力致胜，故有奇肆雄丽之观。罢归后，遍历浙山水，日与知友赋诗，嘉庆十九年卒，年八十八。有《瓯北诗钞》。

> 元气混莽间，雄观上碧屏。无边天作岸，有力浪攻山。
> 村暗杨梅树，津开苦竹湾。离家才廿里，垂老始跻攀。

（赵翼《野步》）

蒋士铨字心馀，又字苕生，江西铅山人。乾隆进士，所为诗凄怆激楚，与袁、赵不同，古体尤佳。卒年六十一。有《忠雅堂集》。

> 一间山木女郎祠，花谢花开两不知。钗佩似伤憔悴绝，鬼神尤为感衰移。空梁燕子坐交语，东阁舍人来赋诗。草绿苔深馀虎迹，更容宁耐觅残碑。

（蒋士铨《过废祠》）

厉鹗字太鸿，号樊榭，钱塘人，为学务为渊博，主文盟凡数十年。诗宗韦、柳，以淡远幽明，超出侪群，仁和杭士骏极称慕之。兼工诗馀，直接碧山玉山，为竹坨后一大家。所著《宋诗纪事》极详洽。有《樊榭山房集》。

玩溪遂穷源，东峰屡向北。朝日上我衣，春泉净可爱。不知
泉落处，潺潺竹篱内。喧闻两叠泻，静见一潭汇。松风扬纤石，
花影畜深黛。名言犹有相，幻照乃无悔。悠然巢居心，颇欲终年
对。

（厉鹗《西溪巢泉上作》）

沈德潜字确士，号归愚，长洲人，尝受诗法于吴江叶燮，以杜为归，
以情境理为宗，推本性情，语见实际，于是倡为格调之说，选《古诗
源》《五朝诗别裁》，古体尊汉、魏，近体宗盛唐，而尤服膺于杜，卓然为
一代宗法。有《沈归愚集》。德潜弟子极众，吴中七子，王昶得名极盛，
尝续《别裁集》作湖海诗传，然其宦成之后，颇传苏、陆，已与师说相
背。再传至黄景仁，颇有青出于蓝之目，诗宗李白，才气焕发，一扫三大
家之庸音。景仁字仲则，有《两当轩诗集》。

前年送我吴陵道，三山潮落吴枫老。今年送我黄山游，春江
花月征人愁。啼鹃声声唤春去，离心催挂天边树。垂杨密密拂行
装，芳草萋萋碍行路。嗟予作客无已时，波声拍枕长相思，鸡鸣
喔喔风雨晦，此恨别久君自知。

（黄景仁《短歌别华峰》）

乾隆当国隆盛，奖励文学，不遗余力，故风雅为一时冠。三大家诗，
固不足称，但无一人能出其右者。诗学衰落，于此概见。同时闺秀能诗者
亦极众，其影响亦至微，兹不具录。

第十七章 清诗极衰
为旧体诗之终局（下）

乾嘉以后诗学之没落——曾国藩王闿运以次之作者——金和与黄遵宪——旧体诗亡与新体诗之胚变

乾隆以后，诗学几绝，百年诗人，可忆而数，试举其大者，则有嘉、道间之龚自珍，咸、同间之郑子尹，龚号定庵，道光进士，有《定庵诗集》。子尹名珍，遵义人，有《巢经巢诗钞》。曾国藩在咸、同朝，固可称为一代宗匠，但其诗宗法江西，务其奇诡，至诘诎不可以句读，甚者且与杯珓谶词相同，所谓诗人之旨者，至此遂不可复问。末季才人，颇称辈出，如王闿运之宪章八代，陈三立之推宗江西，金和、黄遵宪、康有为、郑孝胥之盛气淋漓，烁烁余光，均足为一时冠冕，以视道、咸、同诸朝，抑又过之。王闿运湘潭人，有《湘绮楼集》。陈三立义宁人，有《散原精舍诗集》。金和字亚匏，有《秋蟪吟馆诗钞》。黄遵宪字公度，有《人境庐诗钞》。郑孝胥闽县人，有《海藏楼诗集》。康有为南海人，与其弟子梁启超，有《康梁诗钞》。黄遵宪诗曰："即今流俗语，我若登简编。五千年后人，惊为古烂斑。"其诗体已渐能解放，今之倡白话诗者宗之。

旧体诗至此，已枝绝派斩，不可复继，即欲求一如宋、金、元、明、清诸家之以摹拟为能事者，亦不可能。胡适等倡白话诗，诋旧体诗为已死文学，慨然欲求以承继数百年来失坠之诗统，使已经弯根吐芽之新文学，产生于此新潮荡漾中，故一时慕而效之者甚众，但数年来，亦无所供献，作者且益不竟。盖此时诗学，正在蜕化时期中也。至此时流行之白话诗，是否即为诗学革新之成功，而足以承继诗学之正统，尚在不可知之列。而新体诗之必然产生，则无疑义，只待成熟之时期，与负有此重大责任适合时代之天才作者之产生耳。